国家出版基金项目
NATIONAL PUBLICATION FOUNDATION

二〇一六年中宣部主题出版重点出版物

《核心价值观的故事》丛书

品牌的故事

袁祥 ◎ 主编

光明日报出版社

《核心价值观的故事》丛书编委会

百年老店同仁堂秉持"炮制虽繁必不敢省人工、品位虽贵必不敢减物力",中国南车集团奉行"诚信、敬业、创新、超越"……企业精神推动着企业发展,企业品牌树立了良好的企业形象。2014年至2015年,光明日报陆续推出了"企业精神寻访录""品牌背后的故事""中国制造 中国创造·品牌背后的故事""他山之石·品牌背后的故事"等系列报道,通过寻访一批有代表性企业鲜为人知的历史文化故事,讲述其代代相传的企业精神内涵,记录传承不息的企业价值追求,展现将社会主义核心价值观融入经营发展、为企业塑型铸魂的生动实践。

把核心价值观宣传放在核心位置

——《核心价值观的故事》丛书序言

光明日报原总编辑　何东平

　　《核心价值观的故事》丛书收录的是党的十八大以来光明日报有关家风家教、校训校风、乡贤文化、地名文化以及核心价值观百场讲坛的报道和文章，展示的是光明日报坚持不懈、不断创新的核心价值观宣传成果，更重要的是体现了光明日报这几年来一直秉持和坚守的"把核心价值观宣传放在核心位置"的办报理念。

　　为国家立心，为民族铸魂。十八大以来，党中央大力推进、持续深化社会主义核心价值观培育和弘扬，"在人的心灵里搞建设"，彰显出日益强劲的中国精神、中国价值、中国力量，托举起跨越百年的光辉梦想——中华民族伟大复兴中国梦。

　　"把核心价值观宣传放在核心位置"的办报理念正是建立在以习近平同志为总书记的党中央建设社会主义核心价值观新理念新实践基础之上的，是来源于对中国人民价值观自信自觉自立、坚信坚持坚守的感染、感动和感奋之中的。

　　作为一份主要面向知识分子的中央主要媒体，思想文化宣传是光明日报的神圣职责。我认为：思想文化宣传的特点，是以价值观作为总开关，要有成功的思想文化宣传，先得有成功的核心价值观宣传。

　　基于这一认识，十八大以来，我们紧跟党中央推进和深化社会主义核心价值观建设的新理念新实践，将创新社会主义核心价值观宣传作为创新思想文化宣传工作的重点，始终把核心价值观宣传放在核心位置，坚持广覆盖、融媒体、全栏目推进核心价值观宣传，坚持深入挖掘优秀传统文化，以文化传播和滋养核心价值观，坚持深入发掘好故事、生动讲述好故事，以先进典型弘扬和引领核心价值观，使核心价值观宣传好看、耐看，使核心价值观更好地走进人们的心灵。

一、广覆盖融媒体全栏目推进核心价值观宣传

社会主义核心价值观建设是面向全社会、全体公民的，必须落实到各个领域各个方面，与此相对应，创新社会主义核心价值观宣传报道，就要做到全方位推进、全领域覆盖。十八大以来，光明日报坚持不懈地在广覆盖、融媒体、全栏目上下功夫，开展了多个重大主题活动，推出了多个重点栏目，刊发了一系列重要报道和文章，从不同角度、不同层面弘扬社会主义核心价值观，实现了高密度、广覆盖、强效果的传播。

（一）广覆盖宣传核心价值观

2014 年以来，光明日报开展了"家风家教大家谈"征文活动、"礼敬中华优秀传统文化"活动，推出了《校训的故事》《新乡贤·新乡村》《企业精神寻访录》《品牌背后的故事》《三严三实·我们这样做》《培育和践行社会主义核心价值观·干部担当》等专栏，实现了培育和践行社会主义核心价值观在家庭、学校、农村、企业、机关等领域宣传报道的全覆盖。

光明日报还综合运用新闻报道、理论评论、诗歌散文等多种形式宣传核心价值观，实现了核心价值观宣传体裁样式的广覆盖。光明日报在一版头条位置推出的《让道德成为市场经济的正能量》《君子文化与社

会主义核心价值观》等"光明专论"，紧扣核心价值观的重大思想理论问题进行论述，在众声喧哗的舆论环境中发出主流声音，在思想观点的交锋中倡导主流价值，强化人们对培育和践行社会主义核心价值观的认知认同，产生了很大的社会影响。

（二）融媒体报道核心价值观

光明日报积极调动各种新闻元素，充分运用多媒体手段，务求在核心价值观宣传入脑入心上取得实效。

在中宣部的指导下，光明日报与中国人民大学、中国伦理学会合作开展了"核心价值观百场讲坛"活动，2016年起，中宣部宣教局和光明日报联合开展这项活动，通过整合报纸、网站、微信、微博和客户端，以一流专家和践行核心价值观典范演讲、报社内不同终端融合、与兄弟媒体合作宣传的方式，立体传播社会主义核心价值观。目前已开展了36场活动，现场聆听近两万人，收看节目网民近1亿人次，800多万网民参与交流互动。

2014年9月，光明日报推出了《培育和践行社会主义核心价值观·百家经验》专栏。光明网同步推出"百家经验"主题页面和报道专区，配发大量图片和微视频，并在首页重点推介。光明日报法人微博发起"百家经验·我们的价值观"话题，与微友互动交流。不同媒介的报道形成了整合传播效果，融媒体传播方式有效拉近了"百家经验"与受众的距离。

（三）全栏目传播核心价值观

光明日报通过不同内容层次、不同刊发频率专栏的合理搭配，实现了核心价值观宣传的全栏目融入。《培育和践行社会主义核心价值观》是光明日报的一个常设栏目，从2012年底推出以来，已刊发160多篇报道。2015年以来，光明日报还立足自身特色，精心策划推出了《地名的故事·那些历史那些乡愁》《我的座右铭·当代国人的修身故事》《新邻里·新民风》等一批产生广泛影响的核心价值观宣传原创专栏。同年4月30日，在五一劳动节前夕，光明日报策划推出了《劳模家书》专栏报道，生动讲述劳模家书背后的感人往事，呈现劳模的内心世界、美好情怀，抒写广大劳模"爱岗敬业、争创一流，艰苦奋斗、勇于创新，淡泊名利、甘于奉献"的崇高精神和价值追求，唱响了劳动光荣、创造伟大的时代强音。

二、以文化传播和滋养社会主义核心价值观

培育和践行社会主义核心价值观是一项系统工程，其中一个重要方面就是依靠文化的滋养，并通过文化来传播。光明日报的特色在文化，优势在文化。我们立足自身特色和定位，在社会主义核心价值观宣传报道中突出文化特色，突出文化内涵，通过文化的滋养和催化，使核心价值观宣传报道直指人心。

（一）发掘中华优秀传统文化，深耕厚培当代价值

中华优秀传统文化蕴含着丰富的精神价值、深厚的道德资源，光明日报从中发掘符合当今时代需要的思想价值，深耕厚培当代价值。

家庭是德行培育和文化传承的第一驿站，家风家教具有优先、初始的文明和文化意义。光明日报与中央电视台开展的"家风家教大家谈"征文，上通文脉、下接地气，激发了众多读者对家风家教文化内涵的深入探寻，唤醒了广大民众对家风家教文化育人的美好记忆。

乡贤文化是中华文化的宝贵资源，蕴含丰富的人文道德力量。光明日报推出的《新乡贤·新乡村》系列报道深入挖掘浙江、广东、湖南等地传承乡贤文化、进行乡村治理的新鲜故事与经验，刊登的专家学者访

谈和专论，深刻阐释了乡贤文化对传播和滋养核心价值观的重要意义。这一报道得到中央领导同志的充分肯定。在中央领导重视和中宣部推动下，现在各地呈现出宣传推崇新乡贤、继承创新乡贤文化、滋养弘扬核心价值观的热潮。

（二）提炼不同领域文化内涵，与核心价值观交集共振

十八大以来，光明日报深入研究家风文化、校训文化、乡贤文化、企业文化、邻里文化和地名文化，开掘和提炼其中与社会主义核心价值观相贯相通的精神价值，通过《校训的故事》《新乡贤·新乡村》《品牌背后的故事》《新邻里·新民风》《地名的故事·那些历史那些乡愁》等专栏专题系列报道，传播和弘扬这些领域文化中蕴含的高尚精神追求和崇高价值理念，使不同领域文化内容与核心价值观形成交集和共振，很好地促进了核心价值观入脑入心。

2014 年 4 月，光明日报推出了《校训的故事》专栏报道，通过阐发校训的由来、传承和发展，讲述知名大学校训背后的故事和优秀校友成长的历程，展现了校训蕴含的精神追求和文化特质，凝聚了广大师生的价值认同。刘奇葆同志到光明日报调研时，对《校训的故事》专栏给予充分肯定，并要求发挥校训对传播和涵养核心价值观方面的作用，让校训成为广大师生的行为规范和学校的优良风气。按照刘奇葆同志指示，光明日报进一步推出"校训的故事·忆述""校训文化专家谈""校训传播核心价值观·寻思录""校训的故事·开学第一课"等新系列，使校训报道更加丰满、更加生动，并随后与中宣部、教育部一起，成功举办了"大学校训传播社会主义核心价值观"研讨会。

2015 年 3 月，光明日报与民政部区划地名司合作推出了"地名的故事·那些历史那些乡愁"系列报道，寻访地名流变背后的乡愁故事，追踪地名乱象治理的经验得失，探讨地名文化建设的思路和对策，很好地传播了地名文化知识，弘扬了社会主义核心价值观，受到广泛关注。

三、讲好故事，用先进典型弘扬和引领核心价值观

先进人物、先进典型犹如一面镜子，其言行故事蕴藏着砥砺人心、烛照时代的精神力量。十八大以来，光明日报致力于发现和发掘并生动讲述有光明日报特色的"中国故事"。光明日报特色的"中国故事"，主要是一批典型人物和他们的精彩故事，是一批中国知识分子爱国奉献、创业创新的故事，是一批文化和文化人的故事，其中很多成为时代楷模、道德模范，入选"感动中国人物"。这些人物、这些故事充分展现了中国人民真善美的精神世界、道德力量，传播和弘扬了社会主义核心价值观。

（一）发掘典型人物的当代价值，讲富于时代气息的好故事

在典型人物报道中，光明日报注重站在党和国家工作大局，把握时代变革与发展的大主题，发掘典型人物身上道德品质、人生追求的当代价值，讲富于时代气息的好故事。

十八大以来，全面推进从严治党、大力反腐倡廉成为党和国家的重要工作。2015年2月6日，光明日报在副刊《光明文化周末》以整版篇幅，刊发纪实散文《一位财政部长的两份遗嘱》，讲述了已经去世10年的财政部原部长吴波廉洁自律的故事，在反腐倡廉的形势下，向人们呈现了一个共产党人应有的高尚形象。文章被多家主流网站转载，得到多个有影响力微信公众号的推送。当年两会期间，中央新闻单位随即对吴波的先进事迹进行了集中报道，淡泊名利、克己奉公的"吴波精神"一经传播，立刻赢得众口称赞。

（二）以发现的眼光和关爱的情怀，讲述普通人不平凡的故事

光明日报推出的很多典型人物，都是记者在深入基层中发现的。为了一个典型人物的报道，光明日报的记者可以连续几年跟踪关注，持续数月贴身采访，再花几周打磨成稿。秉承这种向广度和深度不断拓展的理念，光明日报逐渐形成了以"发现的眼光和关爱的情怀"来讲述核心价值观故事的特色思路。

2014年5月29日，光明日报一版头条刊发《在泥土中，叩问生命的意义——记时代楷模、农业科学家赵亚夫》。光明日报记者、"范长江新闻奖"获得者郑晋鸣在基层蹲守、深入采访的基础上，报道了农业科学家赵亚夫53年扎根农村，从扶贫式开发到致富式开发再到普惠式开发，用自己独特的"三部曲"创新"三农"发展模式，带领村民走上新型农业小康之路的故事。赵亚夫身上的担当和"探路人"气质，感染和鼓舞了很多人，被誉为"点燃大地的活雷锋"，并获得"时代楷模"的称号。2014年底，习近平总书记在江苏考察时，深入镇江市世业镇先锋村农业园调查了解现代农业发展情况，同赵亚夫同志进行了亲切交谈，赞扬他做给农民看、带着农民干、帮助农民销、实现农民富，赢得了农民群众爱戴，"三农"工作需要一大批这样无私奉献的人。

（三）让典型有"烟火气""人情味"，讲人类共通情感的好故事

在典型人物报道中，光明日报不求高大完美，而求可亲可信，将注意力更多地投向普通人的悲欢离合、命运变迁，挖掘先进典型身上的"烟火气""人情味"，讲人类共通感情的故事，让不同的人群在潜移默化中接受和认同社会主义核心价值观。

2013年6月17日，光明日报一版头条刊发通讯《听油菜花开的声音》，报道农民沈昌健一家35年前赴后继、矢志不渝培育超级杂交油

菜的故事。记者把沈昌健、沈克泉父子还原到现实生活中，在矛盾冲突中展现人物的追求，讲述他们在没有任何经济回报情况下，经历一次又一次的实验失败，承受各种冷嘲热讽，全力培育杂交油菜的经历。报道依靠细节和情节呈现人物的内心世界，生动展示了中国梦与普通人的深刻关联。多家媒体特别是网络媒体跟进报道，"油菜花父子"成为2013年"感动中国人物"。在有关这篇报道一个的报告上，中央领导批示"讲好故事事半功倍"。

四、对创新社会主义核心价值观宣传的思考

核心价值观宣传是光明日报新闻报道的一大亮点和核心竞争力。总结十八大以来光明日报在核心价值观宣传方面的创新探索，可以得到以下启示。

（一）核心价值观宣传要顺应大势主动融入全党工作大局

2013年8月19日，习近平总书记在全国宣传思想工作会议上强调，宣传思想工作一定把围绕中心、服务大局作为基本职责，胸怀大局、把握大势、着眼大势，找准工作的切入点和着力点，做到因势而谋、应势而动、顺势而为。核心价值观的宣传也必须顺应大势，主动融入全党工作大局，掌握好时、度、效，这样才能达到理想的传播效果。这些年，光明日报在核心价值观报道中注重紧密联系全党工作大局，同时注意结合当代受众的思维习惯、接受心理，发现、发掘生动感人的典型，讲述和描写内涵丰厚的故事，设置和聚焦具有浓郁文化特色的话题和议题，从而激发受众情感共鸣，达成社会共识。如在中央全面从严治党、深入反腐倡廉的大形势下，光明日报推出财政部原部长吴波廉洁自律的感人报道，契合了公众对共产党人应有形象的期待，取得了很好的宣传效果。

在大众创业、万众创新风起云涌之际，讲述沈昌健父子不畏艰辛、创业创新的故事，生动展现了"油菜花父子"的"中国梦"，产生"事半功倍"的宣传效果。同样，家风家教、校训校风、座右铭、乡贤文化、地名文化、邻里文化系列报道之所以产生广泛的传播力和影响力，原因也正在于此。

（二）把讲好故事作为增强核心价值观宣传吸引力感染力的重要手段

中央领导"讲好故事事半功倍"的批示，为新闻媒体增强核心价值观宣传的吸引力感染力指出了一条有效途径。我认为，讲故事区别于讲道理。讲道理是宣传的内核，如果没有包装，内核就会陷于抽象。而讲故事，是再现具象元素、使受众进入生动场景的方法，是使讲述内容与受众最贴近的方法。光明日报的核心价值观宣传注重讲故事，在典型人物报道中，突出以人们共通的情感和价值追求为出发点讲述故事，让读者读起来"感同身受"。两年多来，光明日报又在努力讲文化和文化人的故事，通过讲故事的方式，深入挖掘优秀传统文化当代价值，传播和滋养核心价值观，显示了很强的吸引力、感染力、传播力、引导力。

（三）适应媒体格局变化大势不断创新核心价值观传播方式

随着互联网尤其是移动互联网的发展，人们的注意力已发生大规模的迁移，"两微一端"等新兴媒体日渐成为人们获取信息的重要渠道。核心价值观的宣传必须适应这种变化，创新传播方式，做到人在哪里，阵地就拓展到哪里。光明日报注重以融媒体方式宣传核心价值观，在"核心价值观百场讲坛"活动中，充分发挥各媒介特性，让各种媒体融会互动，产生传播场的化学反应，使每一场活动都形成一个融媒体产品，取得了优良的传播效果。"核心价值观百场讲坛"现已成为"宣传社会主义核心价值观的标杆性活动"，得到刘云山、刘奇葆等中央领导的充分肯定。这给我们一个启示，媒体融合发展是宣传思想文化工作创新和核心价值观宣传创新的重大任务，要把核心价值观宣传创新和媒体融合发展紧密结合起来，在网上和社交媒体上唱响社会主义核心价值观的主旋律。

2016 年新春伊始，习近平总书记在北京主持召开党的新闻舆论工作座谈会并发表重要讲话，高屋建瓴地提出新闻媒体"高举旗帜、引领导向，围绕中心、服务大局，团结人民、鼓舞士气，成风化人、凝心聚力，澄清谬误、明辨是非，连接中外、沟通世界"的职责和使命。光明日报要牢记这些职责和使命，继续坚持把核心价值观宣传放在核心位置，进一步深化和强化党中央推进社会主义核心价值观建设的战略部署和宏伟实践的宣传报道，进一步用文化传播和滋养社会主义核心价值观，进一步发掘好讲述好核心价值观的故事，为使社会主义核心价值观"像空气一样无所不在、无时不有"，成为"百姓日用而不觉的行为准则"，为支撑起公民的精神高度和社会的文明程度，为构建"一个民族赖以维系的精神纽带"和筑牢"一个国家共同的思想道德基础"贡献应有的力量。

为国家立心 为民族铸魂

——十八大以来党中央推进和深化 社会主义核心价值观建设纪实

每个走向复兴的民族，都离不开价值追求的指引；每段砥砺奋进的征程，都必定有精神力量的支撑。

这种追求，虽百折而不挠；这种力量，"最持久最深沉"。

正如习近平总书记所言："人民有信仰，民族有希望，国家有力量。"

为国家立心，为民族铸魂。十八大以来，党中央大力推进、持续深化社会主义核心价值观培育和弘扬，"在人的心灵里搞建设"，久久为功，驰而不息。

以马克思主义科学理论为指导，以当代中国社会主义实践为基石，以历久弥新的优秀传统文化为滋养，强基固本的灵魂工程建设，凝聚起社会共识的"最大公约数"，彰显出日益强劲的中国精神、中国价值、中国力量，托举起跨越百年的光辉梦想——中华民族伟大复兴中国梦。

（一）提炼、提升、提振

——寻找"一个民族赖以维系的精神纽带"，筑牢"一个国家共同的思想道德基础"

2012 年 11 月 29 日，国家博物馆。

面对"复兴之路"展览呈现的壮阔历史，习近平总书记郑重提出"中国梦"，并庄严承诺："到中国共产党成立100年时全面建成小康社会的目标一定能实现，到新中国成立100年时建成富强民主文明和谐的社会主义现代化国家的目标一定能实现，中华民族伟大复兴的梦想一定能实现。"

黄钟大吕之音，富民强国之情。

在举国热望与世界瞩目中，以习近平同志为总书记的党中央带领中国人民开始了又一段壮阔航程。

然而，这艘扬帆航行的巨轮，面对的并非"潮平两岸阔"。在纷繁复杂的国际国内形势面前，能够充当"压舱石、定盘星"者，唯有坚若磐石的核心价值观。

从习近平总书记一次次语重心长的论述中，可以窥见党中央对核心价值观作用的清醒认识——

"核心价值观，承载着一个民族、一个国家的精神追求，体现着一个社会评判是非曲直的价值标准。""核心价值观是一个民族赖以维系的精神纽带，是一个国家共同的思想道德基础。如果没有共同的核心价值观，一个民族、一个国家就会魂无定所、行无依归。"

倡导富强、民主、文明、和谐，倡导自由、平等、公正、法治，倡导爱国、敬业、诚信、友善。党的十八大报告提出的"三个倡导"，明确了社会主义核心价值观的基本内容，中华民族在新时代的精神旗帜昂然树起。

三年来，无论治国理政事务如何繁杂，以习近平同志为总书记的党中央始终把推进社会主义核心价值观建设视作重大战略工程，毫不松懈。

提高国家文化软实力；培育和弘扬社会主义核心价值观、弘扬中华传统美德；中华民族爱国主义精神的历史形成和发展——中央政治局集体学习中，第十二次、第十三次、第二十九次的主题均与核心价值观建设紧密相关。社会主义核心价值观的要义、内涵、作用等，在治国者们的学习与讨论中愈加清晰。

2013年12月，中共中央办公厅印发《关于培育和践行社会主义核心价值观的意见》，明确提出：以"三个倡导"为基本内容的社会主义核心价值观"是我们党凝聚全党全社会价值共识作出的重要论断""为培育和践行社会主义核心价值观提供了基本遵循"，并全面阐述了培育和践行社会主义核心价值观的意义、原则、途径和方法，对这一"铸魂工程"作出了新的战略部署。

"用共同理想信念凝聚民族意志，用中国精神激发中国力量，动员全体中华儿女共同创造中华民族新的伟业。"正如习近平总书记在庆祝中华人民共和国成立65周年招待会讲话中指明的那样，提炼并确立社会主义核心价值观基本内容，提升理想信念、价值取向在国家治理中的层次地位，提振全体社会主义建设者的进取信心，新一届党中央精准发力，用非凡的中国精神凝聚起强大的中国力量。

（二）自信、自觉、自立
——抓住价值观自信这个"关乎民族精神独立性的大问题"，
以传统文化涵养核心价值观，抵御错误思潮侵扰

2012年11月17日，十八届中共中央政治局第一次集体学习。

"理想信念就是共产党人精神上的'钙'，没有理想信念，理想信念不坚定，精神上就会'缺钙'，就会得'软骨病'。"新一届中央领导集体如何带领全国民众，坚持和发展中国特色社会主义？习近平总书记给出的答案之一，是"坚定理想信念"。

理想信念是价值观的核心要素。对理想信念的坚信、坚持与坚守，源自内心价值观的自信、自觉和自立。

精当表述背后，是党中央对价值观问题的长久思考与不懈求索。正如中共中央政治局常委、中央书记处书记刘云山多次强调的那样，增强价值观自信"是关乎民族精神独立性的大问题"，"有自信才会有自觉，有自信才会有清醒，有自信才会有定力"。

对自身的价值观信心坚定，方可始终保持对中国特色社会主义的道路自信、理论自信、制度自信、文化自信。

价值观并非无本之木，而是有根有源；自信并非凭空而来，实为有理有道。

我们的价值观，根源自马克思主义科学理论指导下凝聚的"胆气"——

党的十八大以来，马克思主义中国化理论创新成果喜人，进一步增强了我们的价值观自信。

我们的价值观，根源自中国特色社会主义实践伟大成就奠定的"底气"——

中国作为世界经济"火车头"的地位仍然稳定，经济"新常态"下倍感艰辛却砥砺前行的三年，验证着中国特色社会主义道路的正确方向。"这条道路既不是'传统的'，也不是'外来的'，更不是'西化的'，而是我们'独创的'，是一条人间正道。"习近平总书记的话语充满了力量，揭示了这条道路的独特魅力。

我们的价值观，根源自中华传统文化滋养的"志气"——

"中国人独特而悠久的精神世界，让中国人具有很强的民族自信心，也培育了以爱国主义为核心的民族精神。""中华优秀传统文化是中华民族的精神命脉，是涵养社会主义核心价值观的重要源泉，也是我们在世界文化激荡中站稳脚跟的坚实根基。"习近平总书记多次阐明传统文化与核心价值观之间的关系，并通过考察曲阜孔府、过问贵州孔子学堂办学情况、了解《儒藏》编纂等不断提醒国人：传统中有我们的精神基因，文化中有民族的志气底蕴。

一手"培土夯基"，稳固传统文化之根基，以中华优秀传统文化涵养社会主义核心价值观。

倡导优良家风。"不论时代发生多大变化，不论生活格局发生多大变化，我们都要重视家庭建设，注重家庭、注重家教、注重家风，紧密结合培育和弘扬社会主义核心价值观，发扬光大中华民族传统家庭美德。"2015年除夕来临之际，习近平总书记在春节团拜会上特意强调。家教家风成为推进社会主义核心价值观落地生根的重要抓手。2016年1月1日实施的《中国共产党廉洁自律准则》中，"廉洁齐家，自觉带头树立良好家风"上升为党员领导干部的基本要求。

培育乡贤文化。乡贤文化是中国君子文化的典型代表，它根植乡土，蕴含着见贤思齐、崇德向善的力量。十八大以来，各地既重"古贤"又重"今贤"，重构乡村本土文化，敦厚民心民风，激励向上向善，有力促进了社会主义核心价值观在乡村扎根。

重视传统节日。十八大以来，由中宣部、中央文明办主办的"我们的节日"主题活动秉承"长中国人的根、聚中国人的心、铸中国人的魂"宗旨，以民族传统节日为契机弘扬中华优秀传统美德，让传统节日成为爱国节、文化节、道德节，情感节、仁爱节、文明节，彰显了节日文化内涵，树立了节日新风。

一手"拨云见日"，破除错误思潮之迷障，在西方价值观攻势面前岿然不动。

社会主义核心价值观的每个关键词，既根源于中华优秀传统文化，又充分吸取了现代人类文明的优秀思想，"实际上回答了我们要建设什么样的国家、建设什么样的社会、培育什么样的公民的重大问题"，与西方价值标准有着清晰分野——

"富强、民主、文明、和谐"的国家价值目标，与"五位一体"总体布局紧密联系，彰显了中国特色社会主义的广阔前景；

"自由、平等、公正、法治"的社会价值取向，与国家、公民两个层面上下衔接，是推进社会治理创新的根本遵循；

"爱国、敬业、诚信、友善"的公民价值准则，外化为道德建设与行为准则，体现了社会文明水准与国家精神风貌。

坚定的价值自信，扎根于中华大地。任尔千磨万击，不惧狂风乱吹。

（三）落细、落小、落实
——使社会主义核心价值观"像空气一样无所不在、无时不有"，成为"百姓日用而不觉的行为准则"

认识的深化与升华，带来行动的提升与飞跃。党的十八大以来，社会主义核心价值观弘扬与践行更重顶层设计、更富内在驱动，渗透到治国理政各个环节，浸润于社会生活方方面面，尽显其"为益之大，收功之远"。

2015年9月3日，中国人民抗日战争暨世界反法西斯战争胜利70周年纪念大会阅兵现场。

300余名抗战老兵组成的乘车方队率先经过天安门城楼。苍苍白发，熠熠勋章，微微颤抖的军礼表达着对祖国强盛的敬意。掌声如潮水般涌起，泪水模糊了无数双眼睛。

2015 年 12 月 13 日，南京大屠杀死难者国家公祭仪式在南京市侵华日军南京大屠杀遇难同胞纪念馆举行。这是 2014 年 2 月底全国人大以立法形式将 12 月 13 日设立为南京大屠杀死难者国家公祭日之后，我们第二次以国之名悼念逝者。首个公祭日，习近平总书记出席公祭仪式并发表重要讲话。

"爱国"，世人深知这份情感的可贵。十八大以来，以习近平同志为总书记的党中央高扬爱国主义旗帜，把弘扬伟大的爱国主义精神作为核心价值观建设极为重要的任务贯穿到国民教育和精神文明建设全过程，利用各种时机和场合，生动传播爱国主义精神，引导人们"树立和坚持正确的历史观、民族观、国家观、文化观，增强做中国人的骨气和底气"。

2014 年 12 月 4 日，首个国家宪法日，最高人民法院。

"忠于祖国，忠于人民，忠于宪法和法律，忠实履行法官职责，恪守法官职业道德，遵守法官行为规范，公正司法，廉洁司法，为民司法，为维护社会公平正义而奋斗！" 40 余名来自最高法院和地方法院的模范法官面向宪法和国旗庄严宣誓。

此前一个多月，十八届四中全会通过《中共中央关于全面推进依法治国若干重大问题的决定》，开启了中国法治新时代。

此后，党中央秉持"依法治国和以德治国相结合"原则，一面健全有效防范和及时纠正冤假错案的工作机制，重铸法治底线，一面把核心价值观融入法治建设，用善法良策的刚性约束有力支撑核心价值观建设，强化人们的道德判断力和道德责任感。

2016 年 1 月 3 日，北京朝阳区人民法院通过媒体公布 269 名"老赖"

名单，限制他们进行高消费，某歌手赫然在列。1月4日，法院执行法官即收到该歌手的还款彩信凭证。

十八大以来，在党中央指导和推动下，有关部门针对群众反映强烈的突出问题进行专项整治，用反面典型警示人，把歪风邪气压下去。"两高"出台打击网络谣言的司法解释，一批网络"大谣"认罪服法；中央文明委印发《关于推进诚信建设制度化的意见》，通过曝光、限制高消费等一系列举措打击各种"老赖"行为，有效遏制了不诚信现象蔓延。

社会主义核心价值观的弘扬与践行，无所不在，无处不有。2015年4月，中央宣传部、中央文明办印发《培育和践行社会主义核心价值观行动方案》，分解出30多项重点任务。按其部署，核心价值观"融入经济社会发展，融入人们生产生活，融入家庭家风家教"，富有实效的创新手段不断涌现。

一方面抓好重点人群，稳固核心价值观的根与魂。

"打铁还需自身硬"，领导干部这个"关键少数"必须成为践行社会主义核心价值观的先行者、好样本。八项规定、群众路线教育实践活动、"三严三实"专题教育、"打虎拍蝇"……一系列举措显著净化了政治生态，党员领导干部带头走正路、干正事、扬正气，有效激发了全社会崇德向善的正能量；"人生的扣子从一开始就要扣好"，核心价值观培育从少年儿童抓起，从青年学生抓起，融入国民教育全过程，为未来整个社会的价值取向夯基垒土。

一方面注重全面覆盖，放大凡人善举、平凡英雄的光与热。

全国道德模范评选、时代楷模发布、感动中国人物表彰，"身边好人""寻找最美"……三年来，舍己救人的"最美教师"张丽莉，捐资助学、扶贫济困的将军夫人龚全珍等无数道德灯塔在全国挺立，照亮了整个社会的价值星空。道德模范形成了强大的示范效应，学雷锋、志愿服务在大江南北蔚然成风，与文明城市、文明村镇、文明单位、文明家庭、文明校园等创建活动同频共振。善行河北、安徽好人、感动浙江……从一个身边好人的凡人善举，到一群道德模范的身先士卒；从一座城市的好人频出，到一个社会的崇德尚善。细水长流的日常熏陶，使人们从心底迸发出对善的敬重、对美的向往，成为这个时代最引人瞩目的精神力量。

一项项治理举措扎实有力，一个个道德痼疾得以疗治。三年来，社会风气发生潜移默化的变化，时代精神风貌开始逐步重塑。高远的价值追求在切近的现实生活中扎下根须，旺盛生长，支撑起公民的精神高度和社会的文明程度。

（四）交流、交融、交汇
——从世界多彩文明中汲取丰富营养，为人类共同价值贡献东方智慧

1月21日，在对伊朗进行国事访问之际，习近平署名文章《共创中伊关系美好明天》见诸《伊朗报》。饱含历史与情感的文字，尽显今日中国敞开怀抱、文明互鉴的真诚心愿。

今日中国，携5000年悠久文明精髓对接全新时代。"一带一路"构想赢得60多个国家响应，亚洲基础设施投资银行成功开业，加入上百个政府间国际组织，签署300多个国际公约，在亚太经合组织、上海合作组织、二十国集团、金砖五国等重要多边合作机制中担任重要角色。随着朋友圈越来越大，我国提出的"亲诚惠容"等外交理念深入人心，以合作共赢为核心的新型国际关系构建有力，打造人类命运共同体、责任共同体、利益共同体的倡导引起广泛共鸣。

以习近平同志为总书记的党中央引领当代中国，以新的理念新的姿态健步走向世界舞台中央。

2015 年 9 月 28 日，纽约联合国总部。

"'大道之行也，天下为公。'和平、发展、公平、正义、民主、自由，是全人类的共同价值，也是联合国的崇高目标。目标远未完成，我们仍须努力。"习近平出席第七十届联合国大会一般性辩论并发表重要讲话。

掌声如潮，经久不息，传递着世界各国对中国领导人倡导"全人类共同价值"，坚持多边主义、奉行多赢共赢新理念的高度肯定。

"全人类共同价值"，是对"人类命运共同体"在思想理念层面的深度挖掘，是对世界各国自觉奉行的价值准则的高度概括。它反映着世界最广大民众的价值理想、价值愿望和价值追求，是人类处理各类关系的共同准则。

但是，"全人类共同价值"不是西方所谓的"普世价值"——

"普世价值"是和"普世模式"连在一起的，它折射的是某些西方国家的强权和霸道。一些西方国家以居高临下的姿态，宣扬所谓"普世价值"，其实质是推销自己的"民主国家体系"和"自由体制"，用自己的尺子来衡量世界。他们不管一个国家、民族的意愿和实际，要求各文明参照他们的标准进行自我改造和转型，"普世价值"只是维护其世界统治地位、实现其最大利益的工具。

而在"全人类共同价值"面前，各个国家和民族是平等的，也是自主的。它承认和平、发展、公平、正义、民主、自由是大家都认可的价值观，大家都在为之努力，但每个国家的历史文化、发展阶段不一样，在追求的过程中有先有后，要正视这种差异。任何国家都不能简单地否认他国的努力，把自己的模式强加到别国头上。

"民主和人权是人类共同追求，同时必须尊重各国人民自主选择本国发展道路的权利。"2015年9月25日，习近平主席在同美国总统奥巴马共同会见记者时的回答掷地有声，清晰地表明了中国的立场。

这三年来的理论探索和实践表明：社会主义核心价值观与"全人类共同价值"是内在相通的——

中国文明的发展不是站在人类现代文明之外的发展，而是主动融入、引领世界潮流的发展。社会主义核心价值观，既植根于5000多年中华文明的丰厚土壤，也汲取着全人类共同文明成果和共同价值的丰富营养，它是全人类共同的文明成果和共同价值的升华和具体体现。

中国特色社会主义建设取得的巨大成就，早已确证中国道路对世界和平发展的重要启示意义，彰显中国道路向前延展的价值理念支撑，也因此成为"人类共同价值"宝贵的智慧资源，不断为世界各国尤其是发展中国家提供极富价值的参考。

社会主义核心价值观，是中国对全人类共同价值的重要贡献，也是中国对人类文明包容互鉴所作的郑重承诺。

这三年来的理论探索和实践同时表明：作为中国特色社会主义事业的基本价值引领，社会主义核心价值观与所谓"普世价值"有本质的区别。社会主义核心价值观所倡导的民主，是人民民主、是人民当家做主；自由，是人民民主专政下的自由，是同纪律有机统一的自由；公正，是人人平等、人人享有的公正；法治，是坚持党的领导、人民当家做主、依法治国有机统一的法治……

只有生长于本民族文明土壤中的价值观，才能对"全人类共同价值"提供文明互鉴的独特价值；只有代表人类前进方向的价值观，才能对世界产生感召力和影响力。

从"和谐中国"到"和谐世界"，从"社会主义核心价值观"到"全人类共同价值"，从人类"命运共同体"到"价值共同体"，中国不断基于成功实践为世界贡献理念与价值，也拓展与增进世界各国对中国理念、中国价值的认同。

"亚洲发展的美好愿景，同国家富强、民族振兴、人民幸福的中国梦是相通的。"马来西亚总理纳吉布说。

"中国的梦想不仅关乎中国的命运，也关乎世界的命运。"英国《金融时报》刊文称。

这让人回想起 2014 年 5 月 4 日，回想起总书记与北京大学师生座谈时对"青年要自觉践行社会主义核心价值观"的殷殷期望，回想起总书记那番充满自信的话语：

"站立在 960 万平方公里的广袤土地上，吸吮着中华民族漫长奋斗积累的文化养分，拥有 13 亿中国人民聚合的磅礴之力，我们走自己的路，具有无比广阔的舞台，具有无比深厚的历史底蕴，具有无比强大的前进定力。"

这是向世界传递的中国声音，这是向世界表达的中国信心。

今天，"十三五"新航程正在开启，全面建成小康社会只待冲刺，中国迎来了实现复兴梦想的关键节点。

以中国之名，因人民之托，我们扬高尚精神阔步前行，我们拥磅礴之力坚定逐梦！

（新华社北京 2 月 4 日电，人民日报、光明日报 2 月 5 日一版头条刊发，作者为光明日报记者王斯敏、谢文、张春丽）

品牌背后的故事

目
录

目录

品牌背后的故事

华为：领跑者的创新底色

郭丽君　严圣禾[1]

夜幕下，阿姆斯特丹球场，荷兰最大的足球场，5万多球迷涌入，绿茵场四周"HUAWEI（华为）"的巨幅广告随处可见。作为球场的赞助商，华为在这里铺设了荷兰最大的 WiFi 网络，可为全场球迷提供免费无线网接入。

作为中国制造向中国创造转变、中国速度向中国质量转变、中国产品向中国品牌转变的一个代表，华为已在170多个国家和地区扎根成长。全球排名前50位的电信运营商中，45家与华为保持长期战略伙伴关系，全球三分之一的人口在用华为提供的网络和设备打电话、上网、与世界连接，享受低价优质的信息服务。

"5G 技术的领跑者"

3月23日公布的《中共中央 国务院关于深化体制机制改革加快实施创新驱动发展战略的若干意见》指出，"创新是推动

一个国家和民族向前发展的重要力量"。

对企业而言，谁占领了技术和市场的制高点，谁就能够决胜未来。在4G应用、5G标准的制定上，中国企业将处于领先地位。

华为创始人任正非曾说，华为是在最热门的行业中与最强大的欧美霸主竞赛的。过去10年，华为的创新发展彻底颠覆了全球通信业的格局，在超越摩托罗拉、阿尔卡特、朗讯等强劲对手的道路上，华为不仅没有倒下，反而成为领跑者，登上了行业的珠峰。

"华为无疑是5G技术的领跑者。"华为副董事长胡厚昆说，"华为起步于6年前，已取得了大量技术突破，这让华为在5G知识产权领域占据更有优势的地位。"

5G时代什么样？胡厚昆这样描绘，5G技术会以每秒最高10Gb的速度将超过1000亿件设备连接在一起。5G带来的不仅是更高的速率，还有真正意义上的物联网，这将为工业化以及人们的生活带来全新的变革。

华为预测，到2025年，全球将有超过1000亿的连接——这将是一个规模空前的市场。如何存储与处理、传送与分发、获取与呈现这些庞大的数据流量，既是一个巨大挑战，也是华为的战略机遇。

"10年研发投入1880亿元"

在经济新常态下，结构的优化、动力的转换都需要创新驱动。对华为这样的高科技企业来说，只有创新才能生存，才能赢得竞争。

欧洲作为技术和市场高地，是华为海外发展开疆拓土的突破点。华为荷兰分公司的 CEO 王德贤对记者说，华为摸索出了研发的"欧洲模式"，构建了更加高效的科研体系，即依托当地优势资源，利用欧洲基础研究的先进成果、领先的人才技术，与当地公司、科研机构联合创新，将伦敦的全球财务风险控制中心、匈牙利的物流中心、德国的工程能力中心和意大利的微波中心等创新研发成果，转化成华为的解决方案，提供给全球客户。

欧洲专利局近期公开的专利数据显示，2014年收到专利申请274174件，同比增长3.1%，其中华为申请专利数1600项，增长48.6%，在中国企业中排名首位，高于华为的竞争对手高通公司，以1459项在美国企业中排名第一。

"华为在专利上的领先，得益于公司在关键和前沿领域持续不断地投入和创新。"华为首席财务官孟晚舟说，"过去10年间，华为研发投入累计达1880亿元，2014年研发投入约400亿元，同比增长约28%，占总销售收入的13.9%。"依靠巨额的研发投入，华为取得了显著的创新成果。目前，在全球范围4G核心专利中，华为拥有数量占比达25%，建设的4G网络数量世界第一。

"最大敌人是自己"

2014年迎来近4年最强年报，全球销售收入2890亿元，同比增长约20%，实现主营业务利润339亿元至343亿元，主营业务利润率约为12%——在世界经济放缓的形势下，华为实现了逆市上扬。

"我们真正碰到的最大敌人不是别人，而是我们自己。"低调的任正非谦虚地以小草自比，称与电子信息技术强国美国相比，华为这根小草不可能改变行业前进的轨道，但是小草正在努力成长为大树。

在今年的达沃斯论坛上，任正非表示，早年创业卖通信产品时的思路是"卖便宜点，多卖点"，现在华为已完成从低价到高价、从速度向质量、从产品到品牌的转化。

这个转变在欧洲可窥一斑。华为在与爱立信、诺基亚、阿尔卡特的竞争中有自己的优势，王德贤说："华为的竞争力在于产品线非常完整，华为对芯片、软件、硬件都有涉及，华为可以提供移动通信、固定通信、IP通信解决方案，这是其他IT巨头不具备的。"

"面对客户需求，面对技术困难不退缩，华为就是这样战胜自己的。"王德贤对记者说，欧洲很多城市保存了大量历史遗迹，比如阿姆斯特丹、罗马的建筑都有几百年的历史，在屋顶架设基站有诸多限制。华为在欧洲专门研发了全球第一部分布式基站，将基站拆分成两部分，重量节约一半，也便于安装，成为欧洲3G网络的标准配置。

欧洲的高端客户纷纷向华为伸出了橄榄枝。目前，华为已与葡萄牙本菲卡、荷兰阿贾克斯、苏格兰格拉斯哥流浪者、德国沙尔克04、德国沃尔夫斯堡等欧洲知名足球俱乐部合作，为他们提供"宽带智能球场解决方案"。"球场人员密集，比赛时瞬时网络访问量峰值非常高，同时又是露天建筑，技术上很有难度。"王德贤介绍，华为研发了一种外形类似于蜘蛛的户外路由器，体积小、易安装，满足了球场的需要。

"我们的技术最优，客户没有理由不认可华为这个品牌。"王德贤说，"在售后服务方面，华为的满意度也是最高的。"

中国航天科技集团公司：
让"中国制造"成为世界用户的首选

詹媛[1]

"中国品牌成为世界用户的首选只是时间问题。"这是世界品牌实验室主席蒙代尔教授在2012年的预言。

那时，由中国航天科技集团公司研制的神舟九号飞船首次完成中国航天史上载人交会对接任务。蒙代尔据此下定论说："中国拥有世界一流的制造工艺和尖端技术。"

如今3年过去。这期间，神舟十号再次获得举世瞩目的成功，中国载人航天工程100%成功的骄人纪录，在全世界打响了品牌。

回头看去，蒙代尔的话里透露出这样的信息："长征""神舟"这些航天技术有着不可估量的潜在影响——在全世界范围内，为"中国制造"树立值得信赖的高品质形象，这样的品牌形象辐射到各行各业，让中国品牌成为值得信赖的代名词。

1　詹媛为光明日报记者。

航天品质让中国更自信

从无人试验到载人飞行、从航天员太空行走到"3人13天"进驻天宫一号的旅行，从无人自动交会对接到航天员手控驾驶飞船，从杨利伟单人"飞天"到聂海胜、张晓光、王亚平三人"飞天"。数十年前，我们对载人航天的愿景还只是短短一句话："实现载人航天飞行，建立初步配套的载人航天工程研制试验体系。"如今，中国航天科技集团公司研制的10艘成功翱翔过天宇的"神舟飞船"已锻造出高度可靠的中国品牌形象。中国成为继美国和俄罗斯之后，独立开展载人航天、独立掌握航天员空间出舱关键技术、全面掌握交会对接关键技术的国家。

今年，中国航天科技集团公司研制的航天"大力士"——近地轨道运载能力25吨，地球同步转移轨道运载能力14吨的长征五号运载火箭年内将转入发射场，并将在2017年前后送"嫦娥五号"奔月。2016年，我国将发射"神舟十一号""天宫二号"实验室，2018年发射空间站试验核心舱，2020年前后建成中国人自己的载人空间站。

作为中国科技自主创新的品牌代表，航天事业使中国接纳世界变得更有底气，中国人的自信和担当也向世界绽放——中国载人航天工程总设计师周建平说，在未来空间站阶段，国外航天员也将有机会登上中国的空间站，中国愿意为全世界致力于和平利用外空的国家和地区提供开展空间科学实验与技术试验的机会。

航天技术获得国际公认

由中国航天科技集团公司研发的长征系列火箭已实现200次发射，我国成为继美、俄之后世界第三个航天发射达到200次的国家。

除了发射频次进入世界领先，中国火箭的发射质量之高也有目共睹——前100发成功率93%，后100发成功率一跃达到98%。这一数据已超过了美、俄，与欧洲阿里安火箭的可靠性并列世界第一。

中国航天科技集团公司运载火箭技术研究院宇航部部长李同玉说："这些年，中国航天人带着如履薄冰的心情，坚持持续改进，一发一发保住长征系列火箭的成功。""从源头抓起、预防为主、全过程控制、系统管理"的质量管控原则，定位准确、机理清楚、问题复现、措施有效、举一反三的"质量问题归零五条标准"……庞大而严密的质量管控体系正是中国航天技术引领世界的基石。

长征五号即将启程，推力在3000吨上下、近地轨道运载能力在100吨左右的重型运载火箭计划也已在酝酿，或许就在2030年，它将带着未来载人登月、大规模深空探测的飞行器腾空而起。

"在如今的国际市场上，我们不再仅仅提供火箭发射服务，而是用中国火箭、中国卫星、中国测控设备，提供全套的卫星在轨交付服务。"中国航天科技集团公司企业文化部副部长王双军说，"中国卫星发射的可靠技术已得到国际公认。"

航天产业赚来"真金白银"

20余次利用返回式卫星和神舟系列飞船进行太空育种，使我国经过航天搭载的农作物多达9大类393个品系，如今很多经过太空育种的农作物已成为我们餐桌上的常见食品。我国1100多种新型材料中，有80%是在航天技术的牵引下完成的。从能源、钢铁、新材料、电子通信，到纺织、服装加工，再到农产品、食品加工……航天技术几乎涵盖了各个领域，对中国的经济产生了巨大影响。

中国航天科技集团公司研制的长征系列火箭既承载着中国人遨游九重天的梦想，也为世界送卫星上云霄。作为目前世界上少数几个有能力提供商业卫星发射服务的国家，这项业务不仅让我国与国际航天科技领域的交流更顺畅，同时也带回可观的经济收入。

"中国制造"的通信卫星还被出口到委内瑞拉、尼日利亚等国，遥感卫星被出口至委内瑞拉，与法国合作研制的中法海洋一号卫星，预计在2018年由长征系列运载火箭在中国发射升空。

卫星数据出口，也将是未来航天产业的一个重要经济增长点。据中国航天科技集团公司科技委主任包为民介绍，随着我国高分辨率对地观测卫星系统的建成，到2020年，我国将实现从遥感数据进口大国到出口大国的华丽转身。

航天产业，既打响了中国品牌，也在赚取"真金白银"。

2014年，中国航天科技集团公司全年实现营业收入1680.7亿元，利润总额125.1亿元，同比分别增长18.1%和11.4%。据国外测算，航天技术的投入产出比为1∶10，这意味着在航天技术方面，每投入1元钱，就会有10元钱的收益。

中国的航天事业一步一步实现了中国人追寻千年的太空梦想，也向世界彰显了中国人求知探索、和平利用太空、造福国家和百姓的担当和决心。随着未来多个航天项目的完成，"中国品牌"的高品质形象将更加深入人心。

阿里巴巴：
中国音符奏出世界"狂想曲"

严蓓蓓　严红枫[1]

到"天猫""淘宝"买东西，用"余额宝"存钱，用"支付宝"缴水电，出门用"快的"打车，在"淘点点"上找餐厅、订外卖……不知不觉，阿里巴巴已与普通中国人的生活密不可分。

如果说1999年，在西子湖畔以50万元起步的阿里巴巴还只是马云和他的创始团队一个关于互联网的"狂想"，那么2014年在美国纳斯达克敲钟上市的阿里巴巴，让国人们亲眼见证了"狂想"照进现实的力量。

客户导向倒逼企业创新

从名不见经传到享誉全球，阿里巴巴的足迹总与"创新"有关。以客户需求为导向，不断调整的阿里巴巴，时时处在一种和自己"较劲"的状态。

淘宝刚刚风生水起的那几年，也曾经历了一段"叫好不叫

1　严蓓蓓为光明日报通讯员，严红枫为光明日报记者。

座"的尴尬，出于对网络诚信环境的担忧，交易量停滞不前。为了让用户可以安心在网上进行支付，阿里巴巴借鉴了"中介担保"的老办法，创新了网络支付模式，而事实证明，这一次成功的创新，对于阿里巴巴的事业版图扩张意义重大。

谁说购买理财产品非要动辄上万？2013年，被称为"会赚钱的支付宝"的"余额宝"诞生，让更多的普通人能享受到财富增值。在短短5个月内，"余额宝"迅速成为中国基金史上第一支规模突破千亿的基金。

"'余额宝'几乎没有门槛，在享受收益的同时还可以随时消费支付和转出，特别适合像我这样刚工作不久的社会新人。"去年才大学毕业的胡小姐还是"职场菜鸟"，每月扣除租房、交通等生活开销，手头并不宽裕，"余额宝"成了她现阶段唯一的理财产品。

今年2月，为了延伸阿里巴巴的移动互联网优势，让客户体验到更好的服务，阿里巴巴上市以来金额最大的一笔投资流向了魅族科技。阿里和海通开元基金分别斥资5.9亿美元和6000万美元入股魅族科技。魅族将依靠硬件终端上的优势，在智能手机系统的推广、针对硬件和用户在视觉和交互上的定制化、市场策略、线下销售渠道等方面为阿里提供支持与帮助。

普通人的"造梦"空间

在纳斯达克敲响阿里巴巴上市钟声的阿里生态系统参与者中，有网店店主，有淘宝客服，也有淘女郎。16年间，伴随着阿里巴巴的成长，无数普通人的梦想也在这个"造梦"空间里得以实现。

在湖州市桐乡的一处摄影棚，身兼淘宝和天猫几家网店"淘女郎"的Suzy正在摄影师的镜头下熟练地变换着各种造型展示着自己身上的服装。虽然一天下来工作强度很大，但Suzy却很知足。这个来自上海的23岁姑娘总是笑眯眯地说："还好淘宝催生了'淘女郎'，不然以我这不到1.70的身高，可当不了模特！"

"以前，我们村里晒笋干菜大多是自家吃或者送人的，很少拿出去卖。现在因为我这家小网店，帮着大家一起销售，村民们的收入增加了，今年好几家都比往年晒得多。"清洗、晾晒、腌制芥菜，绍兴市上虞区网店店主王园园正和妈妈一道为网店备货忙碌着。为了方便照顾孩子，王园园辞掉了在宁波一家外贸公司的工作回到老家。因为闲不住，王园园在家人的支持下，抱着试试看的心态在网上卖起了山里的土货，想不到大受欢迎。

世界上最大的电子商务公司、世界增长最快市场的电商领导者、全球金额最大的IPO，如今的阿里巴巴虽头上光环无数，但它要让天下没有难做的生意、要让中小业者受益的使命却未曾改变。

打造世界性的商品舞台

今年3月，国务院正式批准设立中国（杭州）跨境电子商务综合试验区，作为一项国家战略，开展跨境电商综合试点改革。

"跨境电商的潜力巨大，但是没有供应链、物流，流量持续获取实力的企业贸然进入风险极大。"阿里巴巴集团跨境B2C事业部总经理逸方曾表示，只有融入类似阿里这样的完整电商生态系统，才能真正解决大众消费者主流进口需求。

中国广阔的市场和消费者对消费品质要求的日益提升让阿里巴巴有了向海外拓展的底气。上市后的阿里巴巴将全球化放在集团战略核心位置上，其世界性商品舞台的构想也更加全面。

2014年上线10个月，阿里巴巴旗下天猫国际的成交额取得了1000%的高速增长。这一平台，可以让海外商家以全球同价直接服务中国消费者，还可以引进一般进口贸易无法进入中国市场的品类、商品。

3月20日，天猫国际与意大利最大的两家银行联合圣保罗银行和裕信银行联手推出一项名为"电商马可波罗"的计划。两家银行将首先在天猫国际上开设一个联合店铺，挑选一批优质意大利产品进行跨境销售，并且提供意大利品牌进入中国的完整解决方案。

杭州市计划经过3至5年的改革试验，把跨境电子商务综合试验区建设成以"线上集成＋跨境贸易＋综合服务"为主要特征的全国跨境电子商务创业创新中心、服务中心和大数据中心。而阿里巴巴将在其中扮演何种角色，更让人期待。

中国南车：
中国制造的世界海拔

温源[1]

有这样一个令人叹为观止的坐标，横轴是时间，纵轴是时速：2006年，200~250公里；2008年，300~350公里；2010年，486.1公里；2011年，500公里，2014年，605公里……为这个坐标绘出美丽曲线的正是中国装备制造业的翘楚——中国南车股份有限公司。它的每一次突破都是对"中国速度"与"中国创造"的加冕。因为它的创新，中国装备制造业的技术拉近了与全球顶尖技术的距离；因为它的存在，"中国制造"成了飞驰在世界各国铁路线上最耀眼的风景。

6年走完发达国家40多年的路

南车青岛四方机车车辆公司厂区内，一列银灰色超速试验列车停放在厂区的铁轨上，该列车曾于2014年1月创下605公里／小时的试验室速度，打破了法国高速列车TGV在2007年创造的

---

1 温源为光明日报记者。

574.8公里／小时的世界纪录。

速度是对装备技术水平和集成能力的综合检验。从2004年起，历经十年自主创新，中国南车研制形成了覆盖不同速度等级，适应不同运营需求的高速列车谱系化产品。实现了从高铁技术"追随者"到"领跑者"的转变。

创新之路从无坦途，中国铁路有其独特的国情路情，这就决定了原封不动地照搬国外现成技术根本行不通。如何破解？中国南车选择了两条路径，一是技术上坚持"以我为主"；二是创新上要"先人一步"。

"要在技术合作中牢牢把握住自主权，在消化吸收的同时进行自主创新，牢牢掌握核心技术，为自主创新打下了坚实基础。"中国南车股份有限公司董事长郑昌泓道出其中深意。

"先人一步"，就是要超前谋划，始终走在技术的前面。当年在引进消化吸收时速200公里动车组技术的同时，南车四方公司就启动了自主研发时速300~350公里动车组项目，并快速掌握了高速动车的核心技术，研发出具有完全自主知识产权的CRH380A动车组。这辆世界上运营时速最快、科技含量最高、综合性能最好的高速列车使我国高铁从此有了自主品牌，也成为一张"中国创造"的国际名片。

创新已深深融入中国南车的血脉。中国首列时速500公里更高速度试验列车、首列基于永磁电机牵引的永磁高速动车组、世界首列氢能源有轨电车……6年的时间，中国南车走完了发达国家轨道交通装备企业近40年的发展之路，其后，便是不断的自我超越与实现引领。

创新之源在敬业奉献

2014年6月,世界品牌实验室发布了中国500最具价值品牌排行榜。中国南车以352.26亿元列第52位,居机械行业第一位,成为中国最具价值机械行业品牌。

品牌的背后是中国南车人责任、敬业、精益求精的企业品格。

美丽的流线型CRH380A一亮相,就"惊艳"世界。但很少有人知道,为了给它设计"头型",中国南车的研发团队付出了多少心血。先是通过32个设计变量和200次模型优化设计出20种列车头型,接着又进行了17项75次仿真计算,确定了5种备选头型,最后又分别进行了19个角度、8种风速的风洞气动力学实验和3种风速、4种编组的风洞噪声试验,完成了22项样车试制,CRH380A才最终成为今天飞驰在京沪、京广线上为全国人民熟悉的模样。

在动车核心部件变流器的研发过程中,年过五旬的南车株洲电力机车研究所首席专家忻力不分昼夜地坐在电脑前,盯着屏幕上的上千张图纸反复研究。核心技术攻克了,忻力的视力也从原来的0.8下降到0.2,过去300度的眼镜换成了700度。医生说,恢复视力已不可能,再发展下去有失明危险。忻力却笑着说:"没关系,就是失去一只眼睛也要实现高铁技术突破。"

"每个人都要对自己所做的工作负责任,公司实行实名制作业，大到部件安装，小到线路连接，全部实现责任可追溯。"南车一位基层员工告诉记者。

除了"高速"和"重载"，南车已经意识到绿色智能将是高铁技术未来的发展方向。储能式列车可将制动刹车时的动能回收85%以上；中低速磁浮列车在城区穿行，发出的噪声即便驾驶室前方数米远的斑鸠也感觉不到；最新一代时速350公里中国标准动车组正在研制之中，全力建立中国高速列车标准体系，创建中国品牌。更加智能，更加绿色，中国南车在技术创新上的不断攀登无疑让人们看到了中国由"制造大国"迈向"制造强国"的光芒。

世界版图随轨道延伸

要让全世界都认可你的高铁产品，仅有速度是不够的，南车人的做法是让责任与速度同行，过硬的产品和诚信的服务才是其打开国际市场的"敲门砖"。"向全球提供高品质产品，让中国高端制造立得住、叫得响。"郑昌泓指出。

2014年3月，南车株机公司打败西门子、庞巴迪等国际巨头成功与南非国营运输公司签订了约21亿美元机车销售合同。"相同的品质南车的价格更低，但更为重要的是，我们能够根据业主要求提供'量身定制'的产品，以及跟随动车一块儿'走出去'的24小时维修保养服务。"相关工作人员介绍道。

在郑昌泓眼里，中国企业"走出去"不仅仅是硬邦邦做生意，更是对彼此间文化的认同与尊重。南车出口到马来西亚的动车组产品不仅采用了马来虎的头型设计，设计了专用的女士车厢，还特别设立了用于伊斯兰教民众祈祷的祷告室。

主持并参与制定了59项高铁国际标准；产品出口到全球84个国家和地区，整车进入到准入门槛最高的欧洲市场。从无到有，由点到面，中国南车的世界版图正随着轨道而延伸。

海尔：互联工厂剑指"2025"

刘艳杰　朱楠[1]

山东青岛的用户王先生正坐在电脑桌前，通过"海尔商城"上传一幅书画作品。王先生的父亲酷爱书画，所以他想定制一台面板图案为中国山水画的空调，送给父亲一个惊喜。

与此同时，河南郑州的海尔空调互联工厂实时接收到了王先生确认的面板设计方案和订单，柔性生产线上的机器人一获得指令，就开始为王先生加工专属于他个人的"私人定制"空调，整个生产过程，王先生随时可通过电脑或手机客户端查看。

海尔董事局主席兼首席执行官张瑞敏说："海尔的互联工厂，通过信息互联，实现了从大规模制造向大规模个性化定制的转型，全球用户可以在任何地点任何时间定制个性化产品，全流程参与设计、制造过程，满足用户最佳体验。"

生产转变：互联工厂和"黑灯车间"

宽敞洁净的厂房里，数量众多的机器人值守在不同的岗位

1　刘艳杰为光明日报记者，朱楠为光明日报特约记者。

上；空中，一排排模块吊挂在游龙般的传送带上，精准地送达指定工位。这是海尔郑州互联工厂展现给记者的震撼场景。

最引人注目的是生产线前端一间无人的"黑灯车间"：铝板和铜管从墙上的两个孔洞进入流水线的一端，在另一端，一台机器人抓起裁切好的铜管、铝片散件，套装成完整的换热片，然后转身码放在托盘上，整个过程实现了智能化无人生产。

"机器人的大量使用，不但成倍地提高了生产效率，还避免了工人汗液等对管件的腐蚀氧化，大大提高了成品率。"郑州海尔空调有限公司制造部部长马世超介绍说。

互联工厂的另一个特别之处是车间里随处可见的可视化互联屏，只要轻轻点击，定制产品的用户信息、个性模块信息等内容就出现在互联屏上，同时还会实时显示工厂自检情况和终端用户的产品评价。

"互联工厂的实质是什么？就是资源互联的平台。"海尔家电产业集团副总裁王友宁说，"互联工厂的一端把用户吸引到我们的平台上，另一端把全球智力资源、模块资源也吸引到我们的平台上，实现全流程信息互联。"

据介绍，早在2012年，海尔就开始了数字化互联工厂的规划建设，到2015年，海尔已建成沈阳冰箱、郑州空调等四个全球领先的示范互联工厂，初步搭建起互联工厂的雏形。

消费转变：做成什么样，用户说了算

3月7日，全球首台用户定制空调在海尔郑州互联工厂下

线，空调的主人是年轻用户裴先生。

裴先生一直喜欢网购产品，最近因为筹办婚事、布置新居，想购买一台空调，但在网上却找不到一款满意产品。后来裴先生通过海尔商城，定制了一台适合他需求的、带智能 Wi-Fi 和健康除甲醛模块的空调，他爱人则为空调选了一款自己喜爱的个性化面板，裴先生开心地说："这台空调是我们爱情的见证。"

据了解，海尔郑州互联工厂目前已拥有由11个通用模块和4个个性模块组成的200多种用户柔性定制方案。用户根据个人喜好自由选择空调的颜色、款式、性能、结构等，定制专属产品。订单提交后会实时传到工厂，智能制造系统自动排产，并将信息传递给各个工序生产线及所有模块商、物流商。

在这个开放的交互平台上，用户的个性化设计如果能得到其他用户的好评和追捧，也有机会成为互联工厂的备选模块。一位网名为"妮子妈一铭"的网友设计了一款长颈鹿图案、带身高测量尺的冰箱外观，希望以此来记录孩子的成长印记，留住家庭的温情时刻。这个设计一问世就得到了千万网友的"点赞"，最终入选海尔冰箱款式的新增模块。

管理转变：去掉中间层，员工变"创客"

"互联网时代，企业和用户实现了零距离，这就必然要求企业组织形式的扁平化，使用户和员工成为企业的中心。"张瑞敏说。

海尔转型升级的路径就是在建设互联工厂的同时，将企业由传统的管控组织改造成新型的创业平台，去掉过多的中间管理层，让一流的资源无障碍进入；让员工成为平台上的创业者，即"创客"。

"雷神"团队就是海尔创客的杰出代表。2014年之前，海尔并没有涉足游戏行业，三个"85后"员工组成的"雷神"创客团队仅用一年的时间就做到了游戏行业第二。

在这个高度开放的互联平台上，企业内外的人都可以以小微公司的形式自主创新、创业。一方面，小微公司独立运营，自负盈亏；另一方面，海尔与小微公司建立密切的合作关系，为小微公司提供创业所需的资源。

在海尔的高端品牌"卡萨帝"专卖店里，我们见到了负责河南市场的青岛海尔郑州中心总经理刘飞，他也是海尔集团42个商圈"小微"的一个代表。提起创业历程，刘飞感慨地说："海尔就像一个森林式生态圈，创客、小微就是小树。小树的生长离不开生态圈的滋养；反过来，小树的成长壮大也会使森林的生态越来越好。"

价值观转变：引领企业转型升级

"互联时代，企业无法独自上路，它需要利益共同体来协作完成。"张瑞敏表示，海尔转型的探索，除了生产方式、企业结构和运营方式的转变，更重要的是理念的转变。海尔摒弃了单纯追求利润最大化的旧观念，确立了"以用户体验为中心，让利益攸关体实现效益最大化"的全新价值观。

"像海尔这种几万人的大企业，转型升级的过程中没有路标，完全在探索中前进。"张瑞敏表示，机遇与风险总是并肩而行，德国、美国也好，日本、韩国也好，大家都在"工业4.0"的征途中跋涉，当你在一个模式中不占据优势的时候，也许在自我颠覆的过程中会走得更好、后来居上。

　　今年政府工作报告中提出要实施"中国制造2025"计划，推动产业结构迈向中高端。从中国制造到中国"智"造，海尔的先行探索已经取得了初步成效，世界权威市场调查机构发布的数据显示：海尔大型家用电器2014年品牌零售量占全球市场的10.2%，位居全球之首，这也是海尔第六次蝉联世界第一；与此同时，海尔品牌总价值已高达1038亿元，名列家电行业首位。

中国银行：
诠释中国金融的活力

温源[1]

1912年2月5日，"中国银行"的崭新牌匾挂上了上海汉口路3号的门楼。这一挂，就是一百余年。

一百多年来，中行身系国家命脉，怀揣强国之梦，奋力追逐世界金融前进的脚步，用百年传统积淀下来的道德规范和经营智慧，诠释着中国金融的活力。

民族金融的百年旗帜

国家与金融，一脉相系。在炮火中诞生，中国银行的血脉中流动着"报国图强"的信念。

本着"辅助工商实力"的宗旨，中国银行联合数家中资银行为陷入绝境的荣氏企业"雪中送炭"，助其起死回生；抗日战争中，为躲避日军轰炸而偏居重庆郊外小村落的中国银行，依然日夜不停地办理侨汇业务，挽救了大量华侨亲眷；1949年

---

[1] 温源为光明日报记者。

上海解放之日，又是中行率先在外滩打出"庆祝上海解放"的巨幅标语……

1929年，一张旧式书桌，三四名员工，中行在英国伦敦设立了第一家，也是中国金融业第一家国外分支机构。百年历程，风云流转。如今的中行已经成为一家遍布全球42个国家和地区、资产超过15万亿元的金融航母。

1976年最早引进电脑；1985年发行第一张银行信用卡；1997年率先推出网上银行业务；2007年国内首家私人银行成立；2009年做国内首笔跨境贸易人民币结算业务——中行创造的多个"第一"背后，是一个百年大行矢志创新、不断追求卓越的步伐。

传统古钱形状的中行品牌标志为人所熟知，"取象钱币，外圆内方"的形象或许正象征着这家"百年老店"的那份坚守与通达。

大银行用心服务小企业

作为一家民营的汽车橡塑零部件生产企业，长期受制于技术瓶颈的金博公司今年却迎来了转机。"这主要源于中国银行举办的一次中法中小企业论坛。"金博公司经理告诉记者，正是在这次交流会上，他们结识了一家法国汽车零部件制造企业，后者拥有丰富的汽车零部件生产技术，但随着欧洲汽车行业的饱和，企业手握技术却无处施展。双方"一见如故"，最终达成了6000万元的技术转让合同。该项目顺利实施后将为金博新增年产值6000万元，为企业新增利润2000余万元。

一直以来，国内中小企业生产技术水平落后，产品缺乏市场竞争力，银行直接贷款风险大。在加大信贷支持力度的同时，中行在思考如何利用自身的海外业务优势帮助中小企业渡过难关。中行创新推出了全球中小企业投资合作对接服务机制和平台，对有跨境投资合作意向的国内外中小企业进行撮合，为实现海内外中小企业的交流合作当"红娘"。

2014年，中行多次组织部分中小企业来到巴黎、米兰、法兰克福等地与当地企业交流对接，成功探索了中小企业跨境撮合服务机制。据悉，仅在去年举办的中法中小企业合作与发展论坛上，就成功"撮合"了约六成企业找到了合作伙伴。

中行对中小企业服务模式的创新来源于其长年在该领域的精耕细作。早在2008年，中行就根据中小企业的金融需求和行为特征，重塑信贷流程和风险管理体系，专门设计研发了"中银信贷工厂"业务模式。"工厂"不仅将贷款审批时间缩短到5~7个工作日，而且创新推出了"不唯抵押、不唯报表"的信贷分析技术，更加及时、准确地对中小企业进行风险评估和授信决策。六年多来，"中银信贷工厂"已服务中小企业客户逾20万户，累计信贷投放超过1万亿元。根据第三方咨询公司调查，中行中小企业客户满意度连续多年达98%以上。

为企业打开融通世界之门

自1929年在伦敦设立第一家海外机构以来，国际化已经融入中国银行的基因与血液之中，成为其独特的优势和核心竞争力之一。

国家更加积极的开放政策和更加活跃的外交活动，给中国银行提供了广阔的发展舞台和成长空间。"中行紧紧跟随国家外交步伐，把海外市场作为业务发展的又一个主战场，积极为'走出去''引进来'提供优质高效的金融服务。"中行董事长田国立向记者表示，目前中行的海外业务正进入历史上最快最好的发展时期。

好孩子集团是国内最大的儿童耐用品生产销售企业，其产品销往全球80多个国家和地区，企业发展到了加速海外扩张的关键时期。了解到企业计划收购Cybex公司的消息，中国银行苏州分行立即组成了联动营销团队，通过法兰克福分行帮助好孩子摸清并购对象的基本情况，根据并购需求为好孩子提供切实可行的融资方案。在中行的支持下，2014年1月，好孩子成功收购德国Cybex，大幅提升了其在儿童安全座椅这一领域的研发生产能力。随后，好孩子主动找到中行，邀请中行帮助完成美国市场的并购，构建北美销售渠道。

赠人玫瑰，手有余香。积极帮助中国企业走出国门也为中行赢得了市场回报。2014年末，中行海外资产较年初增长18%，海外机构利润总额的贡献度达22.9%，累计为"走出去"项目提供贷款承诺1219亿美元。

国际化步伐的纵深推进让中行的成绩单屡创佳绩。2014年，中行完成国际结算业务量3.92万亿美元，继续保持全球第一；

完成跨境人民币结算量5.32万亿元，同比增长34%；即期结售汇、远期结售汇、金交所黄金自营交易量市场份额保持第一。

"一带一路"战略正在为中行海外业务打开一扇新的大门。中行行长陈四清表示，中行要大力提高国际化经营水平，努力成为"一带一路"的金融大动脉和自贸区业务首选银行，"持续提升中行品牌的全球知名度，强化比较竞争优势，实现企业由'求大'向'求好'、'求全'向'求新'、'求快'向'求精'的转变，全面提升'走出去'金融服务水平"。

伊利：中国乳业的中坚力量

高平[1]

中国乳业的崛起

20世纪八九十年代，中国家庭为孩子买一袋奶粉，都需要投亲靠友辗转而得。

统计显示，1949年新中国成立时，全国仅有4家乳品厂，原奶产量仅为21.7万吨。到2000年的时候，全国乳制品产量为82.9万吨。50年增长了不到4倍。人均占有乳品量0.6千克。那个时候，牛奶、奶粉等奶食品只是小孩、病人的奢侈营养品。

而今，中国人的餐桌上，牛奶已经是生活必需品。2014年，中国有1500多家乳品企业，乳制品产量2651.8万吨。人均消费乳制品14.5千克。

而这一切的改变，与内蒙古大草原上的一家乳品企业的诞生密切相关。

1993年成立的内蒙古伊利实业股份有限公司，前身是呼市一家手工作坊般的奶食品加工厂。为了"让中国人喝上草原优

1　高平为光明日报记者。

质牛奶"，继1996年伊利成为中国乳业首家上市公司后，1999年，伊利引进国际上最先进的高温灭菌液态奶生产线，开始生产"小方盒"液态奶。这是中国乳业崛起的标志性技术革命。高温灭菌液态奶延长了牛奶的保质期限，便于运输、储存，方便易用，改变了中国人以奶粉为主的饮奶习惯。

此后，伊利在内蒙古、黑龙江、新疆、京津唐、山西、山东、河南、河北、湖北、安徽、甘肃等地区建起了现代化的乳业生产基地。伊利从日收原奶700公斤发展到现在日收原奶1万吨，带动奶牛养殖、饲料基地、物流等乳品工业的产业链条全面兴旺。

中国奶业协会的一份报告指出，在伊利的带动下，蒙牛、光明、完达山等一批地区乳企纷纷复制伊利模式，使中国乳业走上了崛起之路。伊利培养输送出了大批的乳业人才，成为中国乳业发展的中坚力量。

伊利是第一个全国性品牌，结束了中国乳品工业作坊式生产、养牛规模小、手工挤奶卫生条件差、微生物含量超标等低水平制造的格局。中国乳业从此进入新世纪的黄金发展期。

从2000年开始，中国乳品生产量每年以10％的速度快速增长。2010年，伊利、蒙牛双双进入世界乳业加工企业20强；2014年，伊利进入世界乳业加工企业10强。

今天，中国乳制品产量已位居世界第三位。

给中国乳业插上"安全与创新"的翅膀

好奶源是好乳品的源头。从2008年开始，伊利共投入约102亿元用于奶源升级与建设，2013年奶源基地建设投入为13亿元。目前，伊利在全国拥有自建、在建及合作牧场2400多个，其中，规模化集中化的养殖在奶源供应比例中达96%。

在乳品检测环节，伊利建立了强大而完善的质检监测系统。从2008年开始，伊利集团在购置检测设备上累计投入5.15亿元，配置各类精密检测仪器4100多套，共培育取得有关部门审核认可的检验人员2300多人，建立起1003道全方位检测体系，监测能力达到国际先进水平。每年的检测费1.5亿元。

美国的乳业专家考察后说，伊利的质量控制是"苛刻的"。伊利董事长潘刚则说："有安全才有梦想！"

让中国人健康，必须研发适合中国人健康的奶。

2008年，伊利建成我国首个中国母乳数据库，为中国乳企研发适合中国婴幼儿的配方奶粉提供了第一手资料和科学依据。伊利依托强大研发能力，开发出代表中国婴幼儿配方奶粉最高水准的创新产品——金领冠系列，填补了中国国产高端奶粉的市场空白。据统计，目前每六个中国宝宝中，就有一个在吃伊利奶粉。

中国人有一部分人不能喝牛奶，原因是乳糖酶缺乏，导致喝牛奶以后胃胀、肠鸣，甚至拉肚子等症状。伊利在全国不同区域开展样本筛查，艰难攻关，研发出了乳糖分解的牛奶——

伊利营养舒化奶。它的研发成功，填补了国内乳业的空白，为中国乳业赢得了国际声誉。2007年3月，伊利营养舒化奶在荷兰阿姆斯特丹举行的第一届全球乳业大会上一举摘获"最佳创新液态奶产品高度推荐奖"。

如今，伊利的乳业研究院和技术中心，已经集纳了来自国内外诸多的顶级专家，开启了"全球智慧"服务中国乳业的征程。

伊利的海外布局

2007年，伊利向埃及出口28.8吨黄油，进行全球化试水。

2008年，伊利牵手北京奥运会；2010年，伊利牵手上海世博会。通过这两个重量级国际盛事，伊利迅速积累了品牌在全球的知名度，积聚了品牌能量。

2014年，伊利在新西兰投资30亿元的大洋洲生产基地一期工程投产，年产6万吨奶粉。同时与美国最大的牛奶公司DFA达成战略合作，建设8万吨全美最大奶粉厂。与意大利斯嘉达合作的建设项目投产。

伊利在美洲、大洋洲、欧洲三大西方乳业传统板块顺利"打桩"，标志着中国乳业"走出去"战略的强劲势头。

潘刚说，面对全球日益复杂的食品安全环境，伊利唯有汇聚全球能量、坚持不断创新，才能在全球乳业版图中发挥更大的影响，才能满足中国消费者不断提升的消费需求。用全球的优质资源更好地服务中国的消费者——这就是我们的努力方向。

　　乳品工业作为提高人体健康素质的民生工业，一直为世界各国特别是发达国家所重视。美国、英国、日本等先后提出实施"牛奶强体"计划。目前我国的人均奶制品消费量14公斤，不足美国的五分之一，日本、韩国的三分之一。伊利人认为，中国乳业发展的前景任重道远，前景无量。伊利的下一个目标是在2020年，进入世界乳业5强。

同仁堂：三百年三个词

陈海波[1]

1669年，同仁堂在北京创立。此后的300多年里，同仁堂因为坚持诚信自律和济世养生的价值追求，遵照皇家挑选药材标准、恪守皇宫秘方和制药方法，而成为中国颇负盛名的中医药品牌。同仁堂中医药文化、传统中药材炮制技艺、安宫牛黄丸制作技艺，相继被列入国家级非物质文化遗产名录，同仁堂集团也被评为最具价值中国品牌50强。

在中国企业史上，三百年对于一个企业来说绝对是一个伟大的数字。在这样的历史长河中，一个品牌如何屹立不倒，甚至愈加灿烂夺目，我们在同仁堂背后的故事中可以找到部分答案。

故事一：诚信

1849年八月初八，同仁堂制药车间，乐平泉遇到了一件恼人的事：车间只剩乌鸡十余只，若不及时补充，乌鸡白凤丸的

---

1 陈海波为光明日报记者。

生产将受影响。

有伙计向这位同仁堂掌柜建议：纯种乌鸡特别不好找，稍微有点儿杂色的可不可以用？

乐平泉断然拒绝。

又有伙计建议：实在没有纯种乌鸡，临时用有点儿杂色的鸡代替，应该不会影响药品的质量。

说这话的是一位年轻人。乐平泉看着他，并没有回应他的建议，只是问："你到同仁堂药铺有几年了？"

年轻人回答说三年。

"那你不知道同仁堂药铺的规矩吗？选料必须上乘！"乐平泉语气坚决。

年轻人的眼神中闪过一丝疑惑，这让乐平泉感到惊讶和忧虑：药料质量的优劣直接影响着处方的疗效，先人乐凤鸣在创办同仁堂时曾承诺"遵肘后，辨地产，炮制虽繁必不敢省人工，品味虽贵必不敢减物力，可以质鬼神，可以应病症"，这承诺怎么能丢？

乐平泉吩咐伙计，立即到顺义、平谷等地购买纯种乌鸡，如果买不到，暂停乌鸡白凤丸的生产。

曾让乐平泉"心有余悸"的乌鸡问题，也是今天北京同仁堂集团的镜鉴，让党委副书记陆建国更清醒自觉："在当今的市场经济中，我们唯有'时时勤拂拭，勿使惹尘埃'，更加'兢兢小心'，常念'必不敢'，不能让先人的承诺失信于当下。"

故事二：仁义

2006年初，澳门饮用水短缺，澳门同仁堂药店经理赵学成需要做出一个决定。

当时，由于长期干旱，供应澳门饮用水的珠海市水库发生海水倒灌，致使珠海、澳门出现了长达四个月的"咸潮"期，自来水全部成了咸水，根本无法饮用。同仁堂药店有代客煎药的服务，平时用自来水煎药还没有什么问题，"咸潮"期用自来水煎出的药全是咸的。不仅苦咸难以入口，还影响药效。

自来水不行，只能用纯净水。赵学成果断决定，改用纯净水煎药。但彼时珠海、澳门的矿泉水、纯净水价格不断上涨，甚至时常脱销。用纯净水煎药可以保证疗效，但增加的费用谁来埋单？

赵学成决定由同仁堂埋单。做出这个决定时，他想到了同仁堂过去数十年里在面对义利相争时同样的取舍。

1988年，上海甲肝流行，具有抗病毒作用的板蓝根一药难求，市场上板蓝根药价飞涨。同仁堂门口聚满了前来求药者，奇货可居，但同仁堂不为所动。

2003年，北京非典肆虐，抗非典中药供不应求，当时的安国药市号称一天出一个百万富翁。同仁堂毅然拿出1000万元来平定中药市场价格，供应了北京地区近一半的用药需求。而且，为了增加市场供应，同仁堂甚至停掉其他产品生产线来保证抗非典中药的生产。

在同仁堂的多年经历告诉赵学成，"同修仁德，济世养生"是同仁堂三百多年来不变的信念，当义利相争时，他们不会去计较利益而有愧于公义。

故事三：传承

2007年夏日午后，新加坡心理卫生医院内的同仁堂中医诊所，医师吴晓秀正在接诊一位名为莫妮卡的西方女士。

莫妮卡向吴晓秀问诊：她最近疲倦无力，失眠，厌食，无心做事，脾气越来越急躁，尽管做了西医检查，在医生的建议下服用安眠药帮助睡眠，但仍无改善。

"这是我第一次走进一间中医诊所，你能够帮助我吗？"她略显迟疑地对吴晓秀说。

吴晓秀了解莫妮卡近况并检查其舌按脉后，做出诊断：因情绪紧张、操劳过度，导致身体脏腑失和、自律神经功能失调。

她为莫妮卡制订了调理方案，包括中草药方和针灸治疗。起先，莫妮卡半信半疑，一周后，开始兴奋和好奇。再服完七天的中药后，莫妮卡的睡眠质量明显改善，情绪平稳下来，恢复食欲。"中医太神奇了，你能告诉我其中的秘密吗？"莫妮卡的请求不再迟疑。

此后，同仁堂里的每次复诊和治疗成了莫妮卡了解中医文化的讲堂，她从这儿了解到了经络穴位和阴阳平衡等中医知识。她还成了中医和同仁堂的宣传员，在她的积极推介下，她的丈夫、儿子和朋友开始尝试用中药、针灸来调理或治疗健康问题。她还因为中医文化而喜欢上了中华文化，开始自学中文。

吴晓秀传承了中医药文化并播下了种子，同仁堂里像她这样的人有不少。目前，同仁堂有海外药店107家，海外医疗机构60家，遍布20多个国家和地区。这些走出国门的同仁堂，其中一项重要任务就是把中医药推向全世界。

同仁堂不仅在自己的药店和诊所推广中医药，还委派中医药专家到各国孔子学院授课，围绕当地多发性疾病、慢性病等热点问题举办公众健康讲座，讲食疗养生、中医药常识，就中医汉语开展培训课程。

曾经，同仁堂固守着"制药不出京"的传统。在今天，这个传统正在被打破。因为，除了传承济世养生信念，同仁堂还肩负着传播中医药文化的使命。

沈阳新松：做高端大气上档次的机器人

叶青　毕玉才[1]

折取一枝入城去，使人知道已春深。四月和风将创新的气息带到了春寒料峭的北欧。有一半瑞典"血统"的机器人行业老大 ABB 公司没有想到，在其家门口，瑞典沃尔沃公司选择了沈阳新松公司提供的移动机器人解决方案。这标志着中国机器人已经可以"班门弄斧"了。

沈阳新松公司总裁曲道奎语气坚决："吃技术饭的新松不走低价低端路线，我们推出的高端机器人已经和进口机器人价格持平。"以"中国机器人之父"蒋新松院士名字命名的新松公司，成立15年来，一直以自主研发、自主创新为导向，坚持走技术路线，做高端大气上档次的机器人，从而在高端制造领域对进口品牌形成了一边倒的"挤出效应"。

1　叶青为光明日报通讯员，毕玉才为光明日报记者。

不在低端拼数量，致力高端"切蛋糕"

2013年增长41%，2014年增长54%——井喷式的中国机器人市场已成为一块最大最诱人的"蛋糕"。"中国机器人企业不能只满足于低端领域拼价格凑数量，要把发展的重点放在抢占技术制高点上。"曲道奎说，只有这样才能扭转高端智能化机器人市场份额被国外机器人企业垄断的不利局面。

重载智能移动机器人广泛应用于铁路机车、飞机等领域的制造维修，是智能移动机器人技术研究领域的制高点。一直以来，由于国外企业的技术封锁，这种机器人设备价格昂贵，且国内厂家很少能采购到这类产品。为了改变这种局面，新松机器人公司集中力量进行技术攻关。2014年，40吨重载智能移动机器人产品横空出世，填补了国内空白，达到世界领先水平。

在移动机器人方面，过去国外企业凭借先进的非接触感应式充电技术，长期独占国内市场。新松研发的混合式充电新技术，使移动机器人能有效应对突发断电和意外跑偏，同时新增了电磁导航、激光导航等功能，让新松移动机器人一举拿下95%的国内市场份额，还实现了批量出口。

不求"十项全能"，但求"一枝独秀"

新松公司2000年从零起步，目前已形成以自主核心技术、关键零部件、领先产品及行业系统解决方案为一体的完整产业链，并将产业战略提升到涵盖产品全生命周期的数字化、智能化制造全过程。15年的快速发展，有人鼓掌也有人嘀咕：你新松机器人很多零部件都是进口的，还谈什么核心竞争力？

"社会分工细至毫发的全球制造产业链，早已挥别单打独斗十项全能的时代了。"新松人目标明确，我们不求"十项全能"，但必须掌握核心技术。新松公司技术研发人员占全体员工80%以上，新产品占总销售额的80%以上，创造了中国机器人产业发展史上的80个第一，每年研发投入超过销售额的12%。目前，新松机器人拥有600多项国家专利，取得了10项软件产品著作权，制定了5项国家标准和几十项企业标准。

对自己不擅长的硬件制造环节，新松通过两化融合平台，向国内配套企业转移。整个新松机器人公司在一线生产的工人只有200多人。

不问"干什么赚钱"，关注国家需要什么"人"

在当今机器人工业中，机器人设备被分为工业机器人、移动机器人、洁净机器人、特种机器人和服务机器人五大类产品。欧洲、美国、日本等几个机器人强国各有侧重。欧洲侧重工业机器人，美国青睐特种机器人，日本服务机器人最多，但在新松公司，这五大类机器人产品线齐头并进。

新松机器人在布局产品线时，最先想到的不是"干什么赚钱"，而是国家经济社会发展需要什么"人"。机器人国家工程研究中心在新松，国家"863"产业化基地在新松，为彻底打破发达国家垄断局面，新松承担并实现300多项重大技术攻关突破。

国内第一条汽车自动化生产线原先采购的是国外机械手，合作进行一半，外方退出了。没人愿接手这个烂摊子，新松拿过来。生产芯片所用的真空机器人被外国牢牢掌控，凡出口中国的设备均设立严格的许可证制和飞行检查条款。这时候，又是新松机器人迎难而上。

继真空机械手研发填补空白之后，新松又相继开发出洁净镀膜机械手、洁净搬运机械手、洁净物流自动输送设备等，为国家拿出了全套"交钥匙"工程。作为洁净机器人领域国内唯一的供应商，新松为国内半导体、LED、光伏、核电、医药、金融等行业首次提供了具有中国话语权的解决方案。

哪里有需要，哪里就有解决方案。这是新松的骄傲，也是新松的本钱。

建设银行: 金融改革的先锋

温源[1]

曾经，她在新中国大规模经济建设的序幕中应运而生，诠释了中国金融业从探索图存到变革强盛的传奇。而今，她不再片面追求资产规模与市值排名，而是以更大的勇气与智慧开启了改革转型的新篇章。

一甲子的风云变幻中，她怀揣兴行强国之心，践行矢志变革创新之路。她，就是中国建设银行——国有银行的典范，金融改革的先锋。

与国家经济建设相伴相随

从诞生之日起，中国建设银行就与服务国家经济建设一脉相系。

新中国成立后，国民经济首个五年计划启动。在1954年的那个国庆节，中国建设银行应运而生，全面承担起国家基本建设投资拨款和监督的职能任务。

1　温源为光明日报记者。

从当时全国十大钢铁基地、八大重型机械城、八大油气田到33条重点铁路干线，从人民大会堂建设工程到长春第一汽车制造厂和武汉长江大桥的修建，从1954年到1978年的25年间，建设银行经办各类基本建设投资5628亿元，建成大中型建设工程项目4000多个，通过审查工程概预算和制止不合理开支为国家节约资金107.8亿元，受到党和国家领导人的高度评价，赞誉其真正"守计划、把口子"。

"哪里有重点工程建设，哪里就有建设银行"。在全国4000多个重点建设项目现场，每天陪伴建设者的是建设银行设置的500多个专业分行，工地现场，随处可见建设银行的"帐篷银行"和"马背银行"。

建设银行是中国最早开办个人住房贷款业务的商业银行，"要买房 到建行"品牌是中国商业银行最早的个人住房贷款品牌，也是目前最具影响力的个人住房贷款品牌。

60年积淀下来的立行理念和经营智慧，让建设银行的每一步发展都紧扣服务实体经济和市场脉搏。参与支持国家4万亿元投资项目446个；对汽车、钢铁、船舶等国家十大重点振兴产业贷款8300多亿元；对国家重点建设项目建立绿色审批通道，制定了50多个行业和产品审批指引。60年过去，如今建设银行在国家重点项目贷款市场中仍然一枝独秀，占有70%以上的份额。截至2014年，建设银行对国家的贡献超过1.41万亿元。

让价值在创新中实现

在位于深圳的建设银行首家"智慧银行"网点里，接待客户的大堂经理竟是一台智能机器人，理财经理现场为客户设计的理财方案，瞬间就能传输到客户手机上。

作为一家拥有60多年发展历史、37万名员工、管理16.7万亿元资产、服务数亿客户的国际一流大型银行，建设银行始终走在金融改革与服务创新的潮头。

用互联网的思维和方法来改造传统业务，建设银行正着力构建与服务高度融合的全方位互联网金融体系，抢占互联网金融制高点。电子银行和自助渠道账务性交易量占比达88%；在业内率先推出以商促融的"善融商务"平台；七成的理财产品、六成的基金、近百分之百的账户贵金属通过互联网渠道销售；智能客服自动应答量达7000多万人次……

建设银行行长张建国告诉记者："优质的银行服务，不仅要笑脸相迎，更重要的是研究客户的关切和多样化需求。"本着这样的理念，建设银行在国内率先创建7个产品创新实验室，累计投放社会2000多个新产品和新服务，通过建立"客户之声"调查体系、出台个人客户细分标准，完善三级理财机构，为消费者提供量身定做的差别化服务。

面对现代消费者全方位的金融需求，建设银行正在快速发展投资银行、私人银行、电子银行、小微企业和消费金融等战略性新兴业务，全面打造包括保险、基金、信托等在内的综合服务平台。截至2014年6月，建行已拥有建信基金、建信租赁、建信信托、建信人寿、中德银行、建信期货6家境内子公司，1家建银国际境外非银行类子公司，以及27家村镇银行。

开启融通世界之门

由陕西省和中国建设银行共同主办的丝绸之路经济带投资推介会日前在西安拉开帷幕。此次政银企共同联手，将围绕丝绸之路经济带新起点的基础设施、能源、环保、文化等领域安排超过1000亿元资金进行项目对接。

"我国'一带一路'发展战略的实施，不仅为地方经济发展和企业'走出去'提供了难得的机遇，也为我国银行业在新常态下转型发展带来了新的契机。"建设银行董事长王洪章指出。

为企业"走出去"提供更好的金融服务，始终是建设银行谋求国际化发展、提高综合竞争力的有力抓手。目前建设银行海外网点数量超过110家，覆盖全球18个国家和地区，为全球客户提供24小时不间断金融服务。2014年，建设银行获《亚洲银行家》杂志评选的中国最具实力银行；在全球品牌咨询机构Interbrandv发布的2014年最佳中国品牌价值排行榜中，建设银行以201.78亿美元品牌总价值位居金融服务业首位。

王洪章表示，建设银行已将实现全球目标市场布局定为今年的首要任务，并计划到2020年实现外币资产与海外资产合计在集团中占比超过15%。届时建行的海外资产将突破5000亿美元，海外业务税前利润占比达到7%左右。

平均每年筹设海外机构7~8家；成功获得伦敦人民币业务清算行资格，成为国内首个在亚洲以外国家的人民币清算行；发行欧洲第一支以人民币计价和交易的跨境 RQFII 货币市场 ETF 基金；收购巴西 BIC 银行72% 的股份，完成中资银行海外规模最大的股权收购——建设银行的国际化战略蓝图正以前所未有的速度全面铺展开来。

中国电科："科技创新是品牌建设的核心要素"

张蕾　李晓辉[1]

中国电子科技集团公司（以下简称"中国电科"）成立于2002年，是以原信息产业部直属电子研究院所和高科技企业为基础组建而成的国有大型企业集团。虽然成立时间不长，但伴随共和国六十多年的风雨，各成员单位在军工电子和国家信息化领域具有无可争议的行业地位和品牌优势。无论是载人航天、探月工程、北斗导航、预警机研制等国家重大科技攻关项目，还是国庆阅兵、北京奥运、上海世博、广州亚运、南京青奥等国际国内大型会展，中国电科都在电子信息科技领域展现出优质的品牌形象。2014年，据中国品牌建设促进会评估，中国电科品牌价值为455.89亿元。

预警机的故事：空中撒手锏 民族"争气机"

2009年10月1日，国庆60周年阅兵式上，空警2000预警机

1　张蕾为光明日报记者，李晓辉为光明日报通讯员。

引领着庞大机群，以矫健的姿态分秒不差地飞过天安门广场，向世界展示：中国拥有了自主研制的世界先进预警机。一时间，举国欢腾，世界震惊。此刻，坐在天安门观礼台上的雷达工程专家王小谟轻轻拭去面颊上的两行热泪。

王小谟的身后，是全体中国电科人与军工战线同人的默默支持和无私奉献。

预警机是由中国电科担纲抓总的重要武器装备，是继"两弹一星""载人航天"工程之后，我国新时期国防科技领域又一项里程碑式的重大工程。我国拥有960多万平方公里的陆地国土，还有300多万平方公里的海洋疆域，要在信息化条件下捍卫国家主权，完成国土防空任务，必须拥有预警机这样的"撒手锏"装备。但由于其研制涉及机载预警雷达、指挥控制、电子对抗等众多尖端领域，世界上只有美国、俄罗斯、以色列等几个国家拥有研制能力。

2007年，克服千难万苦，空警2000最终完成设计定型并交付部队。2008年，空警2000获得国防科学技术奖特等奖，2010年又获国家科技进步奖特等奖。2013年1月18日，"中国预警机之父"王小谟院士被授予2012年度国家最高科学技术奖，代表全体军工电子人站在了国家最高领奖台上。

浮空器的故事：中国"天眼"保驾公共安全

2014年珠海航展，参观者可以看到这样一道独特的景观：一个长32米、容量达1600立方米的"白色鲸鱼"，"肚子"

系着电缆飞在高空，24小时不间断地从空中监视地面动态，守护着你我安全。它可在1000米高空连飘15个昼夜"纹丝不动"，甚至能抵抗6级台风和雷暴天气。这是被称为中国"天眼"的浮空器首次在世界级航展亮相，也让中国电科以如此高度展示了自己的品牌魅力。

与无人机等飞行器相比，浮空器具有驻空时间长、定点悬停、垂直起降方便、载重能力强、噪声低、耗能少等优点；同时，它可搭载红外光电、雾霾探测、测绘等多种设备，用途广泛。此前，只有美国、俄罗斯等少数国家掌握这项技术。

中国电科于2003年着手研发，经过10年磨砺，终于成功掌握了这项技术。此后，凭借经济环保、安全稳定的优点，诞生在中国电科的浮空器赢得世人青睐。

海康威视的故事：创新驱动品牌价值提升

中国数码监控领域的佼佼者，出口额最大的安防厂商；全球首家提出并实现双平台数字矩阵概念、手机监控技术；全球首家推出数字视频矩阵系统……这一系列荣誉来自于中国电科旗下一家叫海康威视的上市公司。

2001年底，原信息产业部直属科研院所和高科技企业的28位精英联手创业，从普通的板卡公司起步。经过十几年发展，如今，海康威视已经成为全球安防"智造"的领导者。2014年，海康威视实现营收增长超过60%，海外市场增幅高达80%以上，成为名副其实的国际安防品牌。

"怎样提升品牌竞争力？最根本的还在于核心技术。"谈到品牌建设，中国电科董事长、党组书记熊群力总结道，中国电科五大业态"军工电子、民品产业、技术创新、资产经营和资本运作"，最为核心的要素就是科技创新。"科技创新是中国电科与生俱来的本质特征，既是生存之本，也是发展之路。我们今天谈品牌，我想，科技创新就是中国电科品牌建设的最大成功要素，承载着'为实现中国梦强军梦提供强大物质技术支撑'的强大使命，这也是党和国家对我们的最大期望。"

中国移动：让沟通跨越距离

陈晨[1]

超过8亿客户，全球客户规模最大的移动通信运营商；70多万个4G基站，1年建成全球最大的4G网络；连续7年入选道·琼斯可持续发展指数……这些成绩都属于一个品牌所有者——中国移动。

自2000年成立至今，中国移动用通信技术改变着人们生活的点滴。从"移动改变生活"到"和你在一起"，中国移动覆盖城乡的网络让沟通跨越距离；从建立海外第一张通信网络到由我国主导的4G TD-LTE技术在全球遍地开花，中国移动用更快的速度与世界相连；从网络提供商到内容提供商，中国移动转型发展的脚步坚定有力。

4G 速度：1年建成全球最大网络

为中央电视台、三沙卫视等提供4G网络视频回传服务；为组委会提供4G视频监控……在前不久结束的第14届博鳌亚

---

1   陈晨为光明日报记者。

洲论坛年会上，中国移动实现博鳌区域4G网络的连续覆盖，提供了高质量的通信网络服务。

2014年被称为4G商用元年，对手机用户而言，4G意味着比2G、3G网络更快的速度。对中国移动而言，4G速度则代表着更快的布局。

"过去一年，4G TD-LTE的发展完全超出预期，中国移动只用了1年时间便建成全球最大的4G网络。"中国移动副总裁沙跃家在总结公司业绩时如是表示。

据了解，截至2015年1月，中国移动已部署超过77万个4G基站，占全球4G基站总数的40%以上，建成全球最大的4G网络，基本实现全国县级以上城市和发达乡镇覆盖，4G网络覆盖人口已超过10亿。

中国移动董事长奚国华表示，中国移动的4G TD-LTE网络质量和业务体验得到广泛认可，今年全年4G发展计划建成100万个基站，发展2.5亿客户，销售2亿部终端。

"走出去"：中国品牌让世界看见

在巴基斯坦的大街小巷，时常能看到中国移动巴基斯坦公司——辛姆巴科公司的广告牌，该公司是中国移动在海外的第一张通信网络，也是中国运营商实现国际化运营的第一站。

2007年1月，中国移动收购当时只有100万用户的巴基斯坦移动运营商巴科泰尔，并于2008年4月将其更名为"ZONG"。到去年3月，中国移动巴基斯坦公司用户达2500万，中国移动打造的国际品牌"ZONG"已在巴基斯坦家喻户晓，成为巴基斯坦唯一同时拥有3G和4G移动通信频段的运营商。

伴随着宽带移动通信产业的快速发展，TD-LTE作为我国主导的4G宽带移动通信系统，使我国在信息通信领域首次引领全球产业，是国家创新战略取得的重要成果。

目前，中国移动已与71个国家和地区实现4G漫游。截至1月底，中国移动发起成立的GTI（全球TD-LTE发展倡议）已成功汇聚全球116家运营商成员、97家产业合作伙伴成员，全球已有30个国家共部署了52张TD-LTE商用网络，另有55个国家83张商用网在计划部署中。

内容转型：提供多样化数字体验

网络是中国移动发展的基础，内容则是中国移动谋求转型的重要力量。面对移动互联时代数字服务发展的黄金期，中国移动的转型正蹄疾而步稳。

1月15日，咪咕文化科技有限公司在北京正式成立，宣告中国移动在数字内容服务领域正式开展公司化运营。作为中国移动面向移动互联网领域投入运营的第一个专业子公司，咪咕整合了中国移动旗下的音乐、视频、阅读、游戏、动漫等业务，旨在打造传统媒体和新兴媒体融合发展的新型平台，为客户提供数字内容产品及服务。

2014年，我国信息消费量质齐升，规模突破2.8万亿元，同比增长25%，为同期GDP增速的3.4倍。手机、电脑等六类主要终端信息产品消费规模为1.5万亿元，同比增长21%；语音、数据接入、信息服务和软件等四类主要信息服务消费规模为1.3万亿元，同比增长33%，信息服务消费增速显著高于信息产品消费。在当前经济新常态的背景下，信息消费成为助力经济发展的亮点。正是看到这一契机，中国移动将旗下数字内容产品进行整合，开展公司化运营。

目前，中国移动在数字音乐、数字阅读出版、网络游戏、网络动漫等领域合作伙伴达5000余家。

徐工：固执的坚守与创新

冯蕾[1]

徐工，装备工业标志性品牌，溯源于1943年八路军鲁南第八兵工厂，20世纪60年代，中国第一台汽车起重机、第一台压路机在徐工诞生。如今，徐工移动式起重机规模和技术水平已成全球第一。

徐工集团董事长王民说，这样的发展归结于固执的坚守，坚守改革大方向，坚守工程机械主业，坚守创新不动摇。

专注的力量

1989年徐工集团组建以来，秉承"担大任、行大道、成大器"的核心价值观，2012年实现年营业收入1000亿元，海外收入突破23亿美元，主要指标连续26年全国工程机械行业第一，跻身全球工程机械行业5强。

1992年，王民和他的团队第一次参加慕尼黑工程机械展览会。"当年我们的技术人员到德国利勃海尔取经时，询问是否

1　冯蕾为光明日报记者。

可以拍照，德国人回答，你用摄像机全录下来都可以，反正你们再怎么学也做不到。"王民仍清晰记得当年的窘境。

但在2006年上海工程机械展览会上，王民感受到了不一样的眼光。"利勃海尔的高层在参观完徐工的展区后说，我在中国找到了真正的对手。2009年，德国慕尼黑展览会对准备参会的徐工技术人员集体拒签。"王民感到，中国企业让竞争对手感受到了自己的重量。

"在我们众多的出口大单中，出口委内瑞拉的一单就是7.5亿美元、共计6000多台，是全球行业第一大单。"王民说。在快速成长和转型崛起的进程中，徐工已不介意跨国公司的态度和眼光。

从1989年成立时3.5亿元的规模，到2003年缔造出中国工程机械行业首家百亿元级企业，再到营业收入跨上千亿元台阶，徐工集团脚步铿锵，坚定笃行。

"如果少了固执坚守的人，少了能够耐得住寂寞、耐得住竞争压力的制造者，中国的装备制造业就做不起来。"王民说，当前环境变化让很多人容易浮躁，看哪个产业好、哪个挣钱都去干哪个，就会把精力和资金分散，那样永远也成不了世界级的企业，成不了受人尊敬的企业。

勇敢的突围

近年来，在世界经济艰难复苏的过程中，工程机械行业面临前所未有的困境。今年以来国内主要8类工程机械主机销量下降47%。然而，徐工主要经营指标继续保持中国工程机械行业第一。

越是行业低迷，越要加大改革力度，苦练内功，铆足劲儿地干。目前，世界最大能级徐工4000吨级履带起重机已经实现了全球首吊，这台"巨无霸"突破了全球履带式起重机行业6万吨米级技术的局限，开创了8.8万吨米的世界级高度。

实力源于创新。突破核心零部件技术实现内部全面保供，徐工集团3次获得国家科技进步奖；7次获中国机械工业科技进步一等奖，军工产品获全军科技进步一等奖。累计获国家授权专利3426项，其中发明专利283项；获软件著作权76项。就是在当下行业持续的低谷当中，徐工仍然坚持研发费占销售收入比重5%以上的强大创新投入不动摇。

"大型起重机之所以能吊装起巨大的重物，离不开它身后的砝码，对于一个国家更是如此，砝码的轻重取决于自身的重量，制造什么和怎么制造，决定着一个国家在世界的地位。徐工转型的真正出路就是成为中国在高端装备制造领域的国家砝码。"王民语气坚定地说。

红豆集团：文化力就是生命力

苏雁　王阳[1]

"红豆生南国，春来发几枝。愿君多采撷，此物最相思。"周海江注定与这句千古名句，结下一生的缘分。

初见周海江，还无法将眼前这位一脸书生气的中年人，与拥有十个子公司的红豆集团掌门人联系起来。1987年，周海江毅然辞去河海大学的教师工作，回到家乡无锡创业，这在当时曾引起轰动。二十多年后，红豆集团已经成为涉及服装、橡胶、机械、地产等领域，年销售额达143亿元，拥有两万多名员工的大型民营企业集团。

为了一个设计，哪怕失败五百次

2014年七月的无锡，夏天的午后显得格外闷热。在红豆男装的设计室里，十几个设计师相对无言。

轻西装设计中，设计师们在面料的洗、磨、烫、整等一系列环节试验中，累计已经失败了五百多次。

1　苏雁为光明日报记者，王阳为光明日报通讯员。

"你能想象，一件平整的西装扔进洗衣机，免去熨烫环节，百般蹂躏后依旧面貌如新吗？"想法是美好的，可如何完美实践这些想法，设计师们在很多方面只能不走寻常路。

通过反复试验，设计师们彻底丢掉传统西服的垫肩，并打破西服正装设计，使轻西服的重量仅为传统西服的1/3，让男士们彻底感受到轻西服带来的舒适感。

"我们每多一次产品测试，产品就会更加完美一些，所以这么多的辛苦都是值得的。"产品生产出来后，设计师们难抑兴奋之情。

向管理要效益 以"情文化"定品牌

一大早，制衣车间的主任李成刚走进办公室，就催促财务赶紧把服务费结给漂染车间。

虽然同属于红豆集团，可内部明算账，早已成了习惯。"走出车间，就是国内市场；走出厂门，就是国际市场。"红豆集团文化部常务副部长钱文华介绍。

目前，红豆集团在一百多家三级实体中，实行了"内部银行结算制"。车间实行独立核算，自负盈亏。这不仅降低了企业的管理成本，还使人人学会了吃"市场饭"，按市场规律办事。

对此，红豆集团创始人周耀庭十分赞同："红豆集团决不能保护落后，保护落后整个集团都会落后。市场经济中出现的问题，一定要用市场经济的方法来解决。"

同时，红豆集团也在全力打造品牌新形象，以"打造中国主流生活方式"、塑造"情文化"品牌内涵，作为红豆品牌推广的亮点。

中核集团："华龙一号"让中国核电走向世界

袁于飞　段新瑞　杨志平[1]

　　"华龙一号"示范工程五月初即将开工，这是核电重启以来，我国第一个正式落地的国产三代核电技术机组。作为中国核电"走出去"的主打品牌，"华龙一号"是以中核集团和中广核集团20多年核电建设运营成熟经验为基础，汲取世界先进设计理念的三代核电自主创新成果。中核集团董事长、党组书记孙勤说："有了'华龙一号'，中国成为核电强国不再是口号。"

中国人站在了世界核能前沿

　　2014年，世界核能发电量占比达到15%，而国内核电装机容量仅占全国电力装机容量的1.5%，作为清洁能源的核能发电量，只占全国电力的2.1%。由此可以看出"华龙一号"的广阔前景。

1　袁于飞为光明日报记者，段新瑞、杨志平为光明日报通讯员。

孙勤表示，60年来，中国核工业始终坚持走自主创新的道路，在核反应堆领域有丰富的技术积淀。"华龙一号"集中了中核集团30余年核电科研、设计、制造、建设和运行经验，也可以说它是中国核工业60年坚持自主创新的结晶。孙勤强调，"华龙一号"让中国人在国际核电市场上更有主导性，"通过'华龙一号'，证明中国核工业人只要坚持自主创新，坚持博采众长，坚持发挥人才和系统优势，就能够站在世界核能界的前沿"。

示范中国核工业自主创新模式

"华龙一号"是我国自主核电示范工程，如何理解"示范"二字？孙勤说："'华龙一号'示范工程将在商业化验证、走出去战略实施、自主创新模式以及人才建设等四大方面起到示范和引领作用。"

目前，中核集团正在和包括埃及等在内近20个国家开展核能洽谈合作，不久将会签署更多合作协议。从核电"走出去"战略来说，这对中国装备制造业以及核燃料产业发展壮大，实现"走出去"都有很好的带动作用。

孙勤说，作为中核集团"龙腾计划"创新工程的首批成果之一，"华龙一号"示范工程将让其他项目更加有信心，这将带动中核集团自主创新能力的提升以及相关科研项目的突破。

让核安全意识贯穿每个细节

"没有安全，'华龙一号'就没有发展意义。确保核能安全是中核集团首要考虑的问题。"孙勤指出。

据了解，"华龙一号"采用能动和非能动相结合的安全设计理念，并采用"177"反应堆堆芯、多重冗余的安全系统、单堆布置、双层安全壳，全面贯彻了纵深防御的设计原则，设置了完善的严重事故预防和缓解措施等，安全性达到当前国际上最新标准。

"所有人员都要把安全放在最高位置，让安全意识融入每一个细节。"孙勤强调，保证安全，质量是基础。如果重大装备、重大工程建设没有质量做基础，安全就没有保障。装备质量、施工质量、设计质量、管理质量，要贯穿所有环节。

中粮：国际化的新粮商

李慧　瞿思杰[1]

66年时间，中粮从一家单一的粮食进出口企业，发展成为国内最大的粮食贸易商、最大的农产品及食品加工企业。现在的中粮，打造覆盖田间到餐桌全过程的"全产业链"商业模式，并建成全方位的食品安全管理体系。在连续5年的政府食品安全监管抽查中，中粮产品总体合格率均在99%以上。

创新型：引领技术模式革新

为帮助农户收好粮、存好粮，同时解决企业粮食原料供应波动现象，中粮经过长期调研，结合企业原料收储过程中的实际情况，探索出"粮食银行"这一玉米购销新模式，并于2013年潮粮收储期在东北四家企业开始试点。"粮食银行"实行以来得到了农户积极响应，部分粮农已与公司达成存销合作意向7万吨。将收完的粮食送到企业，省去了租场地的费用，也不用担心粮食霉变受损，在无形之中增加了农民的收入。

1　李慧为光明日报记者，瞿思杰为光明日报通讯员。

中粮还在技术创新上孜孜不倦地探索。2013年，中粮旗下的中粮工程科技有限公司"单冷水源热泵谷物冷却机"以创新技术提升粮食仓储能力，获得国际知识产权局批准的实用新型专利；同一年，中粮工程科技有限公司获得国拨经费1863万元，开启了"北粮南运关键物流装备研发"项目；2015年，中粮集团加入国家农业科技创新联盟，参与解决农业全局性重大战略与共性技术难题和区域性农业发展重大关键性技术问题的行列……

国际化：打造世界粮食走廊

受消费升级的影响，虽然中国农业十年来连年增收，但是粮食进口也在屡创新高。如何主动规划，积极筹谋，构建全球资源配置体系，满足不断增长的中国市场需求，成为我国必须考虑的问题。

2014年，中粮完成了对荷兰尼德拉集团和香港来宝农业的并购，跻身世界五大粮商。目前，中粮资产覆盖全球50多个国家和地区，2013年末总资产达610亿美元，在国际化大粮商中排名第二。并购整合完成之后，中粮将在全球最大的粮食产地南美、黑海等国家及地区和拥有全球最大粮食需求增量的亚洲新兴市场间建立起稳定的粮食走廊，给世界粮食市场注入新的活力。中粮也将依托具有增长潜力的消费市场，成为世界粮食体系的一部分，提高我国农业在国际市场上的话语权。

全聚德：
150余年的"北京味道"

张景华

刚刚过去的劳动节假期，北京全聚德各门店又"爆棚"了。这家以"宫廷挂炉烤鸭"闻名的餐饮老字号，150余年的发展史，始终离不开传承与创新。当年周恩来总理对"全聚德"的诠释可谓精辟："全而无缺，聚而不散，仁德至上。"正是凭着这一理念，全聚德挂炉烤鸭延续了150余年，每年接待中外游客2000万人次，销售烤鸭数百万只，被誉为"中国礼物""北京名片"。

全聚德及烤鸭的由来

1864年，在北京前门外肉市街做生鸡鸭生意的河北人杨全仁，拿出多年积蓄，盘下一家经营不景气、名为"德聚全"的干果铺。在高人的指点下，他将铺号"德聚全"改为"全聚德"，冀望时来运转，开了一家与自己经营鸡鸭相关的小饭馆。这就是全聚德前门店的起源。

全聚德刚开业时，生意并不好做，周边的餐馆竞争很激烈。

杨全仁心里琢磨着，怎样才能一招鲜吃遍天。当时北京市面上流行吃烤猪、烤鸭，以至于"亲戚寿日，必以烤鸭、烤猪相馈送"。受烤猪红火的启发，杨全仁决定借鉴挂炉烤猪的方法，制作挂炉烤鸭，一招制胜。

过去，老北京烤鸭有3种做法，即挂炉烤鸭、焖炉烤鸭和叉烧鸭，其中又以叉烧鸭历史最为悠久。为了生意上的竞争，杨全仁高薪雇来原在宫廷的烤鸭师傅加盟"全聚德"，用宫廷御膳的技术首创"挂炉烤鸭"，用果木明火烤制出来的烤鸭，"皮酥肉嫩"，其色香味比"焖炉烤鸭"还胜一筹，品尝过的人都赞不绝口。从此，全聚德的烤鸭生意日益兴隆，以全聚德为代表的"北京烤鸭"闻名全国。2008年6月，全聚德挂炉烤鸭技艺被列入第二批国家级非物质文化遗产名录。

"宫廷技艺"一举成名

据全聚德集团负责人介绍，全聚德初建时，第一代烤鸭师傅姓孙，到1949年80余年间，相继经历了蒲长春、张文藻和田文宽等四代烤鸭师傅。新中国成立后，"全聚德挂炉烤鸭技艺"进一步弘扬，并以集体传承的形式，相继培养出第五代、第六代烤鸭厨师。

如今，经过150余年的发展，"全聚德挂炉烤鸭技艺"已形成一整套标准、规范的工艺流程，拥有一套完善的环环相扣的烤制工序：首先活鸭进场，经过前期处理后，开膛、烫坯、上糖色、晾坯等工序，最后由配送中心统一配送到各店，每道工序都严格按照企业标准进行，并实行专人负责制。按统一工艺流程烤出的鸭子呈枣红色，皮质酥脆，肉质鲜嫩，飘着果木的清香。

全聚德烤鸭不仅做法有讲究，连吃法都有3种：片片儿、片条和皮肉分吃。裹在荷叶饼中，配以甜面酱、葱条或黄瓜条食之，酥香鲜嫩；还可将烤鸭蘸了甜面酱，同葱丝一起放进空心芝麻烧饼中吃。这些独到的吃法也是全聚德人引以为荣的"看家菜"。在北京 APEC 国宴上，全聚德师傅现场展示的"盛世牡丹"烤鸭造型，令来宾赞不绝口。全聚德烤鸭的吃，已不仅仅是饱口腹，还升华为艺术的享受。

"北京名片"飞向世界

过去，人们一说吃全聚德烤鸭，都知道去3个地儿：前门、和平门、王府井。如今，全聚德在北京、上海、重庆、江苏、山东等地都有了分店，门店数量近百家。2014年，全聚德接待顾客2000万人次，销售烤鸭600余万只，营业收入超过18亿元。

"不到北京长城非好汉，不吃全聚德烤鸭真遗憾。"全聚德烤鸭之所以闻名于世，还因为它是中国美食外交的一部分，至今已先后有200多位国家元首与政要品尝过。

2008年，全聚德烤鸭在北京奥运会上大展风头。奥运会举办期间，180名全聚德师傅进驻奥运村，共烤制1.3万只烤鸭，每天提供几百只仍供不应求，连当时的国际奥委会主席罗格都在品尝全聚德烤鸭后竖起了大拇指。全聚德集团相关负责人说："假如全聚德没有科技创新，只用几年前的方法，不可能满足奥运会这样大的餐饮要求。"

历史的积淀，与时俱进的创新和发展，令全聚德挂炉烤鸭越卖越火，成为馈送亲朋好友不可少的"北京礼物"。如今，全聚德烤鸭专用的鸭坯、甜面酱、荷叶饼等都已实行产业化、标准化生产。无论在世界上任何一家全聚德店吃烤鸭，"中华第一名吃"都是"北京味道"。

联想的国际化逆袭

钟超[1]

31年前，柳传志怀揣20万元创立联想集团；19年前，联想电脑开始稳居国内销量第一；11年前，联想收购IBM个人电脑事业部；两年前，联想电脑销量升居世界第一；1年前，联想集团宣布完成收购摩托罗拉移动。今天，面对经济新常态下出口受阻、消费不振等压力，联想集团坚持国际化眼光，推进企业转型升级，成功实现了逆势扩张。

日前，联想集团在首都体育馆召开"聚力用户共踏征程"全球誓师大会，开启了新的征程。

以国际化眼光布局

"这是又一个里程碑式的一年，尽管市场充满挑战，但我们逆势而上，所有产品的销量都实现了历史新高。"被称为"国际杨"的杨元庆在誓师大会上宣布，2014年联想个人电脑销量突破6000万台，在行业同比下降3%的情况下实现逆袭，同比

1　钟超为光明日报记者。

增长8%，连续八个季度雄踞全球榜首。中国区市场份额稳居龙头，达到37%的历史新高，比后面六个对手的总和还要高。

在多元化的国际竞争中，联想打造了一支多元化的团队。目前，联想管理层中国人和外国人几乎各占一半，2012年联想集团就挖来了在个人电脑业务方面拥有30余年工作经验的兰奇担任总裁。国际化的文化渗透到联想的肌肤里，这让联想对各个区域市场有更深入的了解。杨元庆认为，这是联想取得成功非常关键的因素。

过去这一年，联想还完成了对IBM System x 和摩托罗拉移动的收购，联想集团以国际化的眼光进行战略布局，为企业的长远发展提供了强大的动力。

聚力用户再踏征程

"在'互联网+'时代，传统行业都不可避免地面临重新洗牌。时代变革的风暴眼是互联网，但盘根错节的风暴后面还是用户。"杨元庆说。

面对日益多样化的客户需求，联想在努力推动内部管理机制转型。未来，联想提出要形成小分队的作战方式，管理上呈现扁平化、咨询化、开放化，职能部门和专业化团队服务于小分队，而这些小分队聚焦客户，通过组织的战略转型，满足客户个性化的需求。

瞄准全球市场和用户的国际化战略，为联想带来了骄人业绩。2014年，联想平板电脑全球销售1200万台，同比提升

26%，比行业平均高出22个百分点；联想智能手机全球销售7600万部，同比增长50%，成为全球第三大智能手机厂商。

"真正拥有用户，拥有真正的用户。"联想着力推动从以产品为中心转向以客户为中心，开拓"设备＋服务"模式，加强与客户的直接互动，将客户从交易型转变为关系型。他们认为，这是未来企业生存发展的长久之道。

大唐电信：
创新托起通信强国梦

陈晨[1]

2000年，由大唐电信集团提出的 TD-SCDMA 技术标准被 ITU（国际电信联盟）正式确立为3G 国际标准之一，一举打破完全由欧美厂商主导移动通信技术标准的垄断格局。2012年，大唐电信集团拥有核心基础专利的 TD-LTE 成为第四代移动通信国际标准，民族通信产业链掌握国际移动通信的话语权。在以"互联网+"为特征的新时代，大唐电信以自主创新托起通信强国梦。

"中国标准"站上国际舞台

"产业未动，标准先行"，在无线移动通信领域，标准是产业链的顶层环节，也是掌控产业链主动权的核心所在。在第一、二代移动通信时代，由于没有自己的专利与标准，中国的移动通信产业非常被动。

1　陈晨为光明日报记者。

3G时代，由于我国产业基础薄弱，通信技术创新又存在大投入、高风险的特点，国内许多通信企业都不敢涉足3G技术标准研发。在前有国际巨头技术垄断，后又缺乏基础技术、资金支持的背景下，大唐电信率先挑起中国通信业振兴的"大梁"。

从3G到4G，大唐电信树立了两座里程碑：一是提出的TD-SCDMA技术成为国际三大主流3G标准之一，实现了百年现代通信史上中国标准"零"的突破；二是掌握核心基础专利的TD-LTE技术标准成为4G国际标准，使得我国在移动通信标准这一行业实现了从追赶到同步的重大跨越。我国的民族通信产业链逐步掌握了国际移动通信的话语权。

2013年12月，大唐电信率先发布技术型5G白皮书，开启5G研究的先河，为实现我国从3G"跟随"到4G"同行"再到5G"引领"的三级跳积蓄力量。

大唐电信集团董事长兼总裁真才基表示，自主创新已融入大唐人的基因，大唐电信依托自主关键核心技术，带动产业升级，为推动中国通信产业发展不断注入创新驱动力。

"中国芯"保护国家信息安全

芯片是无线移动通信产业链最核心的环节。2008年，国内模拟电路设计方面人才稀缺，尚没有一家中国企业能够造出3G芯片。如今，大唐电信已连续两年位居国内集成电路设计领域最前列。

在大唐电信集团副总裁陈山枝看来，是"坚持自主创新，践行中国创造"的创新发展理念推动大唐实现了芯片自主设计，提升了大唐在集成电路设计领域的技术实力和产品竞争力。

在集成电路设计上攻坚克难的同时，大唐电信的目光还聚焦在集成电路制造上。2008年，大唐战略入资中芯国际这家国内技术最先进的集成电路代工企业，布局集成电路制造，打通集成电路设计和制造环节，带动了集成电路产业整体竞争能力的提升。

从"无芯"到"有芯"，大唐电信主导的TD技术成为国际标准，打造完整产业链，实现我国通信芯片的历史性跨越，从技术层面上捍卫我国信息安全，使TD产业链具备了实现产业路径升级的能力，也引领中国芯片走上"自主可控"的新时期。

四川长虹：老国企的新动力

李晓东　危兆盖　雷建[1]

四川长虹，一个耳熟能详的名字，一面民族工业的旗帜。但近年来，随着移动互联网全面渗入百姓生活，长虹遭遇前所未有的压力。

如何转型突破？长虹将目光锁定在"智能战略"，通过转型升级、技术创新，从依赖彩电主业发展成为集军工、消费电子、核心器件研发与制造为一体的综合型跨国企业集团，初步完成产业的全球化布局，目标直指销售收入1000亿元。

打破传统机制　改变未来格局

2014年，是长虹智能战略转型实施的元年。这样的转型始于长虹做出的一系列体制机制变革。

长虹公司总经理刘体斌介绍，按照"问题跟进解决、节点扎实推进、方案有序推出"的目标原则，长虹打乱了以往的决策思路，组建了软件与服务中心和数字营销产业集团，全面推

1　李晓东、危兆盖为光明日报记者，雷建为光明网记者。

进产品经理负责制。通过建立"以责定权""以责定利"的经营机制和"责任人负责制"的责任体系，员工们对公司的发展信心满满。

"通过对国内家电市场各个领域深度调研和评测，公司提出'全面实施智能发展战略'目标。"刘体斌说，通过提升终端平台、云端平台和应用软件的能力，加强互联网业务平台建设、运营和运用维护能力，促使产品向互联网功能业务转型。

长虹公司副总工程师阳丹介绍："通过研究和应用仿真分析，掌握声全息、声源识别、流固耦合、吸气增压等核心技术，在压缩机小型化、高效化、变频技术等方面已达到国际先进水平。"目前，长虹已成功打造出系列以人为中心的智能家电终端产品，围绕智能产品研发、新工艺新材料、软件平台建设正全面展开。2014年，共申请专利772件，获得了460件专利授权。

"2014年，全年海外自有品牌销售收入实现同比增长23.6%。北美研发中心的成立和海外创新项目的研发、投资和孵化窗口的建立，为推动与美国新蛋、捷克捷信、法国TEKO等公司的合作打下了坚实的基础。"刘体斌说。

通过调整产业和全球布局，去年，长虹智能产品销售额同比提升11个百分点，海外收入规模创历史新高，收入增幅达54%。长虹已构建起包括基础硬件、软件系统、终端产品、内容信息服务、系统平台等在内的国内最完整的智能生态链。同时，从冰箱压缩机产销全球第一的华意压缩到美菱冰箱，在家电行业持续低迷的大背景下实现逆势增长。

技术创新取得新突破

互联网时代，谁能把用户的思想融入产品中去，把产品变得更加智能，让产品学会"思考"，进一步实现用户心中的诉求，用户就会下谁的单。"以人为中心""用户体验至上"的产品理念是产品经理必须要考虑的开发思路。

长虹机制的变化，带来的是创造力大增的局面。2010年大学毕业进入长虹不到4年的陈科宇，成为长虹推行产品经理负责制模式下的首个产品经理。

年轻人需要一款什么样的电视机？带着这样的问题去市场做调研，通过跟大量年轻用户、消费者进行深度交流，收集年轻群体对电视的想法和需求，同时主动提出团队自身对产品的创想，两者碰撞，找出"移动端和电视端结合"的灵感火花。最终，陈科宇团队，历时9个多月，推出了全球首台集成移动应用的电视＋移动"双芯"智能电视。

"灵感和方案细化都来自年轻人，我们自然能够洞悉年轻人的需求！"陈科宇说，在传统国企，如果通过行政晋升，需要多年资历和经验的积累，这种煎熬也许会在很大程度上磨灭年轻人的灵感和创意。"幸运的是长虹却并不是想象的那样传统。"陈科宇认为，能够顺利晋升为智能电视的产品经理，得益于公司的大胆创新，给了像他一样的年轻人一个展示自我、实现价值的机会和平台。

刘体斌说，近年来，公司一直通过各种形式和渠道鼓励年轻人自主创业，自己担任产品经理，做自己群体喜欢的产品。而产品经理负责制，无疑给了更多有能力有想法有闯劲的年轻人一条飞速成长和发展的通道。

今后长虹将继续践行产品主义，全面推动产品经理负责制，创新公司新产业发展方式与路径；同时，通过产品经理负责制不断地发掘、培养人才。

波司登：温暖中国惊艳世界

钟超[1]

今年5月1日，意大利米兰举行了世博会开幕式，继2014秋冬季纽约国际时装周惊艳亮相之后，波司登又一次登上国际服装舞台。

波司登羽绒服连续20年蝉联中国防寒服市场销量冠军，连续18年唯一代表中国防寒服发布流行趋势。在2014中国品牌价值评价中，波司登品牌强度达到918.00，品牌价值达到197.49亿元，位列纺织服装行业第一位。

线上线下一体化销售

1976年，波司登品牌创始人高德康带着11个裁缝、8台缝纫机起家创业，从贴牌加工到自创品牌，从民营小厂到挂牌上市，波司登从来没放弃过对顾客需求的专注。

高德康表示，在经济新常态大背景下，波司登要改变原来追求数量型发展、扩张型发展的模式，全面转向以客户需求为

1　钟超为光明日报记者。

核心，立足价值服务导向，再造商业模式，提升品牌力量。

波司登全面推行卓越绩效管理，创新质量管理理念、方法和模式，形成了"以市场为驱动、以品牌为核心，追求卓越的质量管理模式"，提高了品牌竞争力。

同时，波司登也涉足电商，实行线上线下整合营销的新模式，减少了中间环节，降低了成本。

下好国际竞争的先手棋

20世纪90年代初，"波司登"在国内注册商标后，就在美国、加拿大、瑞士等68个国家和地区进行注册，为企业"走出去"预留了品牌空间。1997年获得自营进出口资格后，波司登先后与耐克、阿迪达斯、哥伦比亚等国际品牌结成战略合作伙伴。

2012年伦敦奥运前夕，波司登在英国开设旗舰店；2014年，波司登全新开发意大利系列产品。如今，波司登服装已在德国、意大利、法国、西班牙等8个欧洲国家的400多家中高端品牌集合店中销售。

高德康表示，只要在每一个细节上做足功夫，波司登就能成为全球服装生态链上的新强者！

中联重科：
智能制造的新样板

龙军[1]

4月27日，在工业和信息化部组织的"两化融合"管理体系贯标工作会议暨成果展上，作为两化信息融合的典范，中联重科代表装备制造行业展现了"两化融合"的最新成果，"中联式融合"成为企业推进高端智能化战略的新样板。

中联重科是一家我国工程装备制造业的领军企业。近年来，通过智能转型和海外拓展，中联重科扭转了效益下滑的局面，再现活力。目前，中联重科的信息化和工业化融合水平已经领先于99.04%的国内装备制造企业、97%的机械加工制造企业，并处于全球前列。

智能制造连接人与产品

3月9日，工信部印发《2015年智能制造试点示范专项行动实施方案》，决定自2015年启动实施智能制造试点示范专项行

---

1 龙军为光明日报记者。

动，同时给出了具体目标：试点示范项目实现运营成本降低20%，产品研制周期缩短20%，生产效率提高20%，产品不良品率降低10%，能源利用率提高4%。

在中联重科，智慧工厂是实现这一目标的具体路径。在中联重科混凝土机械公司分管生产的副总经理李青林的办公桌上，记者看到一块显示屏十分惹眼。从这里，李青林不仅可以直接看到工厂运行的实况视频，也可以查看车间的每一个流程，制造执行系统（MES）还会自动提示生产现场遇到的问题。"整个生产链上的每个工位之间都是互联的。假如某个流程出现配料不足，系统就会自动提醒。"李青林说。

做了近40年的现场管理，智慧工厂让李青林看到了两次飞跃。第一次是2010年企业资源管理计划（ERP）上线，混凝土泵车一个班次的产能提升50%以上。2012年MES运行后，产能再翻番。

中联重科首席信息官王玉坤表示，中联重科每个月的产值超过20亿元，但月结订单成本差异平均控制在50万元以内，月结差异最小值曾达到3万元。仅此一项，就意味着节约了近2.97亿元的成本。中联重科希望智慧工厂孕育出智能产品，达到产品与产品的互联，最终实现产品与人的互联。

通过自身努力，中联重科实现了自身技术融合、产品融合、业务融合与资源融合。在质量提升与顾客满意方面，通过ERP、售后服务移动应用平台、物联网智能云服务平台等营销售后系统的支撑，公司客户服务和客户满意度得到显著提升。

与时俱进推进高端战略

在近两年，受到金融政策、项目开工和市场饱和度等多种因素的影响，中国工程机械行业进入新常态，行业企业开始修炼"内功"，将产品质量和研发而非市场营销放在第一位，更多的企业加强对制造业智能化产品的研究，以通过技术革新向市场发起挑战。

中联重科与时俱进地引入互联网思维，在装备制造业率先打造了以客户和市场为中心的信息化平台，根据"互联、智慧、可控、安全"的"两化"融合方针，中联重科着力锻造以互联为基础的全球营销及服务能力，以智慧为基础的全球产品生命周期管理能力，以战略为导向的全球风险内控能力，以及产品生命周期的全程安全运行能力。为全球化蓄力起跑奠定基础，成为践行国家"互联网+"战略的先锋。

通过信息化平台，中联重科实现了海外订单合同评审、备产协同、交货协同机制，在行业整体下行7%的情况下，公司海外业务增长3%，有效保障了订单效率和交货周期。

除了直接获取商机、处理客户咨询，中联重科信息化平台还提供了物联网增值服务，让客户随时随地都可以了解到自己设备的位置和各种工况信息，实现了企业与客户的共赢。用户转化率达到63%，服务响应及时性由15分钟缩短至5分钟，内容传播受众率达到40%。

此外，中联重科O2O移动营销与用户服务能力也已初见成效。企业通过开发微信公众号、移动官网，实现业务系统集成，并对客户数据、流量数据、商机数据等三大核心数据进行分析，旨在通过大数据，给用户提供更优质的服务。

从2009年到2014年，中联重科每年在智能制造上的投入都超过1亿元。通过多年的持续建设和创新，中联重科站在了智能制造的风口。"智能制造是一种全新的商业模式，未来这种新的商业模式将在我们的销售中占据主导位置。"中联重科董事长詹纯新说。

海信：核心技术成就全球品牌

刘艳杰　朱楠[1]

　　"没有技术，成不了名牌；没有核心技术，就不能掌握自己的命运；没有知识产权这个DNA，百年海信就只能是个梦想！"青岛海信集团董事长周厚健常用"木桶理论"来强调技术创新对于海信的重要意义，"核心技术是桶底，其他进步因素是桶帮。没有桶底，桶帮再高也存不住水。"

　　作为国家特大型电子信息产业集团，截至2014年年底，海信集团电视销量已连续12年位居国内第一；4K电视全球销量第三；冰箱、空调分别居国内第二和第四位；智能交通和光接入模块产品全球第一。过去3年里，海信集团销售收入从716亿元上升到千亿规模，增幅近40%。今年3月发布的《中国国家形象全球调查报告2014》显示，海信名列海外民众最熟悉的中国品牌第七位。

1　刘艳杰为光明日报记者，朱楠为光明日报特约记者。

冲破垄断，打造中国版"梦幻显示器"

2015年1月，在世界规模最大、影响最广的美国"国际消费电子展"上，由海信自主研发的"ULED"显示技术获得了"年度显示技术金奖"，令业界瞩目。

实现技术反超，一直是海信的梦想。从开发出自主知识产权的芯片"信芯"，到国产第一条液晶模组生产线，再到牵头LED背光国际标准制定，海信一直在努力打破电视核心部件由日韩企业垄断的局面。2011年日韩企业相继推出OLED样机，技术上刚刚取得"平行身位"的海信绝不落伍。

"OLED技术是每个像素点自发光，不需要模组。"海信电器股份有限公司副总经理曹建伟介绍，"虽然被称为'梦幻显示器'，但OLED产品工艺不成熟、成品率低、价格居高不下，致使产业化过程比预期慢，但这是个巨大的威胁。"

面对挑战，周厚健向技术团队下了攻坚的死命令："一定要趁着OLED现阶段尚存可靠性不足和高成本的劣势，尽快研发出一款比OLED显示效果更好的电视。"

2013年，海信成功推出了自己的ULED电视，以较OLED更低的成本，把液晶屏幕的画质效果提升到世界一流水平，其第二代量子点曲面ULED在画面颜色表现力、清晰度、亮场表现力和画面流畅性等方面均优于OLED。开启"无屏"时代的海信激光显示技术，更是让韩国媒体惊呼"海信走在了前面"。

开拓海外，到主流市场做主流品牌

"眼前的饭碗在国内市场，长远的发展在海外市场。如果发展无望，后续是没有饭碗的。"谈到开拓国际市场，周厚健非常笃定。

在这一理念的指引下，海信"走出去"战略水到渠成。2014年，海信集团出口额达26亿美元，7年品牌收入增长18倍。在美国，海信是唯一以自有品牌进入 Costco、BestBuy、沃尔玛等主流销售渠道的中国彩电品牌；在欧洲，海信销售收入3年增长7倍；在澳大利亚，海信电视排名第二。海信产品已经遍布全球130多个国家和地区。

但在海信国际营销股份有限公司副总经理方雪玉眼里，从贴牌到创牌，从"正名"到扬名，海信20年的国际化之路并非坦途。

"我们在国际市场开拓阶段遇到了很多困难和阻力。"方雪玉回忆，"常常几个人开着车，载着产品，天不亮就出门；有时候好不容易约见了商场的产品经理，留下了样机就没有了回音，我们就不停地致电联络……"2010年年底，经过9个多月的努力，方雪玉和她的同事终于在德国拿到了第一个200万欧元的订单，这对全面打开欧洲市场意义重大。

目前，海信已经在美国、欧洲等地设立了研发中心，在南非、墨西哥、捷克等国家建设了生产基地，初步奠定了国际化发展的基础格局。

做大"桶底"，新兴产业"弯道超车"

对技术的信仰，已经成为海信人的文化基因。多年来技术创新的沉淀和积累，使得海信远远超出家电企业的范畴，成为一家电子信息产业的高科技公司。

在海信新产品展示厅里，记者被一套 Higemi 计算机辅助手术模拟演示器吸引。"这套系统，可以帮助医生借助3D图像观察脏器、肿瘤与血管的关系，并在计算机上采取虚拟手术的方法，帮助确定最佳手术方案，降低了诊疗风险和费用，这是全球首创。"海信集团副总裁程开训介绍，"海信显示器的超高分辨率和对比度是 Higemi 系统的技术支撑。目前该系统已经进入各大医疗机构。"

很少有人了解，海信集团在中国智能交通系统的创新也成绩斐然。目前，海信智能交通系统已应用于北京、上海、广州、深圳等50多个城市，市场占有率连续多年位居全国第一；快速公交（BRT）系统更是以70%的市场占有率遥遥领先。

"2010年，海信云服务平台上线运营，为智能电视、智能手机、智能 OTT 盒子提供服务支持。"程开训说，"目前海信智能电视用户数已达1000万，2017年将达3000万规模，海信已经形成了'终端＋服务'的完整生态链。"

"随着'中国制造2025'规划的制定、实施，中国企业将迎来新的发展机遇。我期待并相信，海信能够在世界舞台上脱颖而出，成为影响全球的一流品牌。"周厚健对未来充满信心。

吉利：让中国汽车得到更大尊重

严红枫[1]

从"卖车"成功转型"卖品牌"，在今天的全球新兴市场，"吉利帝豪"与日韩汽车同台竞技。

经过近10年对海外市场的探索和培育，目前吉利汽车已出口至30多个国家，产品进入南美、东南亚、中东、非洲和东欧等地区，形成了较为完善的海外营销和服务网络。著名金融服务机构摩根大通发表报告指出，未来四至五年，吉利有潜力成为中国的"现代汽车"。

摩托车厂却要造汽车

从2000年5月17日第一辆美日牌轿车下线，15年时间，北仑基地成长为吉利汽车集整车、发动机、变速器研发和制造为一体的战略核心基地。

这让见证了企业成长的杨开华感慨万千。1996年毕业时节，23岁的杨开华找好了工作单位——台州路桥一家摩托车厂。

1　严红枫为光明日报记者。

"名字挺好听，叫吉利。"被分在质量处的这个年轻人了解到，这家在业界小有名气的摩托车厂并不想一直造摩托，而是要造汽车。

是的，开过照相馆，办过制冷元件厂，生产过电冰箱、建材和摩托车的吉利老总李书福，决定要造汽车。1997年，李书福买来几辆奔驰新车，供设计参考。他又跑到一汽，买来了红旗的底盘、前后桥、冲压件、发动机、变速箱、仪表台。1998年，第一辆吉利"豪情"轿车完成下线。

杨开华记得特别清楚，工作后好长一阵子，她一直只有单休，有时是没日没夜地干。"当时民企造车还是个未知数，前景怎样，谁心里都没底。"她回忆，但员工们愿意跟着富有激情和感染力的李书福，为了汽车梦"赌一把"。

吉利人很幸运

2001年前，汽车产业是目录准入制，国家不允许私营企业生产轿车。没有目录，生产了也不能上牌。"国家不承认你的产品，车造得再好、质量再高，没有生产资格，也只是个'黑孩子'。"杨开华说，当时李书福最大的愿望就是为他的"黑孩子"上个户口。

1999年，主管工业的国务院领导到台州调研，专程去吉利视察。李书福当面请命："请允许民营企业大胆尝试，允许民营企业家做轿车梦。"2001年9月，国家经贸委颁布了《车辆生产企业及产品公告》，但是公告中依然没有"吉利"的名字。

而此时，李书福造车已没有退路。从1998年到2001年，在浙江临海和宁波两地，光是买地建厂，李书福已经投入十几个亿。

2001年11月9日，已经调去吉利宁波生产基地市场部的杨开华，从同事口中得到了一个令人兴奋的消息——吉利拿到了"准生证"！这一天，有关部门突然增发一批汽车许可公告，"豪情"赫然在列，吉利成为中国首家获得轿车生产资格的民营企业。"吉利人太幸运了，赶上了一个伟大的时代！"李书福对员工们说。

创新与全球化战略

2007年，转型的吉利宣布与低价告别，李书福说的"要造最安全、最节能、最环保的好车，让吉利汽车走遍全世界"成为一时名言。2010年，吉利用18亿美元从福特手中购得沃尔沃100%的股权，完成了中国汽车业最壮观的海外收购案例。

吉利人坚信，自主品牌的出路在于创新与全球化战略，要有核心技术，善于通过技术创新实现差异化竞争。金融危机爆发加速了国际汽车业的重新洗牌，中国汽车产业要加快"走出去"。

和沃尔沃融合3年后，2014年，吉利开始由国际化公司向全球型公司转型。吉利和沃尔沃在瑞典成立了欧洲研发中心，打造双方共用的模块化基础架构，实现共同开发。同年，吉利完成了中国上海、瑞典哥德堡、西班牙巴塞罗那和美国南加州

4个造型设计中心的全球布局。

　　作为中国首家民营轿车企业，吉利这几年的发展令人振奋。连续两年进入世界500强，连续十一年进入中国企业500强，连续九年进入中国汽车行业十强，成为国家"创新型企业"和"国家汽车整车出口基地企业"，资产总值超过1100亿元。"但最大和最强是两码事，我们在核心技术和品牌方面还有差距。"李书福想到的是调配和整合全球资源，突出本土化和全球化的细分合作，这是全球型企业的精髓。他的心愿是"中国汽车工业得到世人更大的尊重"，而"这需要依靠中国制造向中国创造转型"。

兵装集团：一流企业做品牌

叶乐峰[1]

从国防科技工业技术力量最弱、产业基础最薄、亏损最严重的军工集团，到市场化程度最高、经济实力最强、民品规模最大的军工集团，16年时间，中国兵器装备集团公司实现了历史性跨越。在经济下行压力加大的2014年，集团发展又跃上了一个新的台阶——营业收入首次突破4000亿元，达4259.76亿元，同比增长17.75%。集团在世界企业500强排名中跃升40位，提升至169位。

"加快转型升级、做强做优，是我们打造具有国际竞争力的军民结合型企业集团的根本路径，是实现科学发展的必然选择。"兵装集团公司董事长、党组书记唐登杰告诉记者。

迸发活力，创新驱动力量大

"一流企业做品牌，二流企业做技术，三流企业做产品"，这一说法生动地道出了品牌对于一个企业的作用。

1　叶乐峰为光明日报记者。

兵装集团成员企业长安汽车用30年时间实现自主品牌突破1000万辆，是目前中国汽车行业用时最短的。现在，每天有8500多位用户选择长安汽车。

保变电气是兵装集团的另一成员，经过50多年发展，已成为特高压变压器世界领先、核电变压器中国最强的输变电装备研发制造基地。其产品成功服务于三峡水电、西电东送、特高压交直流电网等多项国家重点工程，出口美国、加拿大等40多个国家和地区。

成绩的背后，是兵装集团上下对于创新的不懈追求。长安1984年进入汽车行业，在发展过程中，长安人认识到：控股权不等于控制权，利润分配不等于利益分配，核心技术买不来、换不来、抄不来。因此长安确定了"以我为主、自主开发"的自主创新渐进式升级的发展之路，被国务院发展研究中心命名为"长安模式"，被中组部列为24个科学发展案例之一。

今年5月，保变电气为美国太平洋能源公司自主研制的400兆伏安/345千伏移相变压器通过全部试验项目考核，该产品的研发成功填补了行业空白，进一步巩固了公司高端移相变压器的世界领先地位。

兵装集团公司大力实施品牌战略，着力加强品牌建设与管理，不断完善集团公司品牌构架，成功培育出了长安汽车、天威输变电、嘉陵摩托、建设摩托、光明玻璃等众多知名品牌，品牌溢价能力稳步提高，有力地推动集团公司向发展中高端水平迈进。

砥砺使命，结构转型向纵深

"集团成立至今，实现了由求生存向求发展的历史性转变和由小到大的重大跨越，目前正处于转型升级、做强做优的关键阶段。"唐登杰说。

结构转型很重要的一环就是加大科技投入，激发创新的内生动力。资料显示：集团2014年科技投入占比4.6%，其中研发投入占比2.64%，较上年度分别增长20.6%和40%，在主导产业技术领域突破了近60项核心关键技术和前沿技术，推出了30多个系列重点新产品。

在做强主导产业上，兵装集团着力构建先进军工和现代产业体系，促进优势资源向关系国家安全、国民经济命脉的重要行业和关键领域聚集，特种产品、汽车等主导产业控制力、影响力和带动力不断增强，为保增长奠定了坚实基础。

今年3月，兵装集团发布了面向未来10年的新能源战略，以纯电驱动为主线，同步发展插电式混合动力及纯电动两大技术平台，力争通过10年累计投入180亿元，推出34款产品，打造国际先进、国内一流的新能源汽车企业。

在长安汽车副总裁李伟的眼中，结构转型意味着中国汽车要在新能源领域以及智能化和移动互联汽车领域打造超出消费者预期的经典产品。

据悉，长安汽车要在2025年实现汽车全自动驾驶，纯电动续驶里程400公里，插电式混合动力续航里程100公里。

"鉴于我国光伏企业普遍陷于困境，兵装集团果断实施输变电产业和新能源产业的风险隔离、加快新能源产业重组等有效措施，使旗下的企业度过了寒冬。"保变电气董事长薛桓说，目前保变电气总市值达182.38亿元，是2014年最低点52.59亿元的3.48倍，价值创造能力不断提升。

凝聚共识，改革攻坚办法多

为了凝聚最大的改革共识，兵装集团着力推动管理体制机制创新，党建工作成绩突出。

长安汽车公司下属三家中外合资企业，分别是长安福特、长安福特马自达、长安铃木。3家中外合资企业，员工2.7万人，其中近千名外籍员工来自20多个国家和地区。

在合资企业成立之初，一线党员很少，长安汽车即大力实施"种子工程"，把总部职能部门的优秀党员选派到合资企业的采购、物流、制造、质量等重要部门，党员像一粒粒"种子"扎根于生产经营关键岗位，凝聚周围党员群众。

在合资企业，党组织要有话语权，必须要有一支过硬的党员队伍。围绕"把党员培养成骨干、把骨干培养成党员"的目标，3家合资企业分别制定了《"双培养"实施办法》，把普通党员推到生产经营前沿，把他们培养成为技术、管理、销售等方面的骨干人才，同时把生产骨干、工作标兵等吸引到党组织周围，并逐步发展为党员。

长安汽车努力推动党建品牌与企业品牌同步发展。长安铃木党委对企业员工包括外籍员工深入开展"冬送温暖、夏送清凉、节送慰问、难送帮扶、病送关怀"的"五送"活动，深得员工好评；长安福特马自达党委支持员工"自助文体协会"，让中外员工在活动中寻找知音、收获健康、舒缓压力，广受中外员工喜爱。"这些活动在不知不觉中增强企业软实力，也许这就是中国快速发展的奥秘。"对于这些党建品牌活动，长安福特马自达美籍业务副总裁法拉利·路易斯·安东尼高度认可。

铁建：中国品牌"扎根"非洲

陈恒　孔祥文[1]

近年来，在中国铁路走出去的大背景下，中国铁建的海外业务不断扩大。截至2014年年底，中国铁建在海外共完成铁路项目30多项，建成铁路总里程约7500公里，对打造中国铁路品牌、推动中国高铁"走出去"产生了重要影响。

"随着'走出去'战略的不断深入，海外市场已成为中国铁建持续发展的重要支柱。"中国铁建董事长孟凤朝说，目前，中国铁建国际业务遍及78个国家和地区，在全球250家最大工程承包商中排名第一。

在海外"种下"中国标准

2014年11月20日，中国铁建中非建设副董事长、党委副书记曹保刚与尼日利亚交通部长签署了总金额为119.7亿美元尼日利亚沿海铁路商务合同，刷新了中国对外工程承包单体合同金额纪录。"尼日利亚沿海铁路项目签署商务合同，标志着中

1　陈恒为光明日报记者，孔祥文为光明日报通讯员。

国铁路将在更大范围、更宽领域、更高层次走向海外。"中国铁建总裁张宗言说。

好事成双。十天后的12月1日20时，随着尼日利亚交通部长为最后一节轨排拧紧螺栓，中国铁建承建的尼日利亚铁路现代化项目第一标段——首都阿布贾至卡杜纳铁路（阿卡铁路）宣告全线铺通，通车在即。

"阿卡铁路是非洲首条采用中国标准建设的现代化铁路，实现了中国铁路设计和施工在非洲首次输出中国标准，对提升中国铁路标准的国际影响力，推动中国铁路标准走出去具有重大示范意义和带动作用。"曹保刚表示。

近年来，中国铁建通过稳扎稳打，将中国品牌打向了世界各地。据初步统计，中国铁建先后获得国际组织和所在国颁发的奖项17项，中国铁建中非建设尼日利亚公司被第五届非洲领导人国际峰会授予"非洲优秀工程施工企业"。

国际产能合作的中国优势

在评价尼日利亚沿海铁路项目时，中国铁建董事长孟凤朝说，沿海铁路全线采用中国铁路标准，这将带动机械、机车、钢材、机电等接近40亿美元的中国装备出口。

近些年来，随着中国制造的崛起以及中国品牌的"走出去"，中国产能在海外形成了相互促进的集体优势。1994年，刚毕业的曹保刚第一次踏上非洲的土地。"当时非洲没有几家中国企业，而且规模都很小，基本是欧美公司的天下。"2005

年后，这一现象逐渐改变，中国企业在非洲越来越多，实力也越来越雄厚。

"得益于祖国实力越来越强大，国家鼓励支持企业'走出去'的政策逐步完善，中非建设在非洲从单一的建设承包，到为非洲国家整体铁路网规划提出参考意见，我们在海外的'根'越扎越深。"曹保刚说。

作为中国产能"走出去"的践行者，中国铁建中非建设在海外建设了中国最大的境外经贸合作区——尼日利亚莱基自贸区，为中国企业产业结构调整、多余产能转移创造了良好机遇。目前，已有多家我国的知名企业入驻园区，形成了中国品牌"走出去"的团队力量。

树立有责任感的中国形象

中国铁路与非洲国家的友谊源远流长。20世纪70年代，中国铁建实施的坦赞铁路已成为中非友谊的象征。

"中国企业'走出去'不仅仅是做生意，还要融入当地的经济社会发展，履行企业的社会责任，做一家受当地人尊敬的企业。"曹保刚对此深有感触。

2011年9月，尼日利亚遭受30年一遇暴雨袭击，造成数万灾民流离失所，大量房屋被毁。危急时刻，中非建设不提条件，不讲价钱，以最快速度组织机械设备和员工奔赴灾区。经过四天四夜连续奋战，疏浚河道8000立方米、清理6座涵洞、加固1座桥梁和修复3处垮塌桥梁、修建临时便道，最大限度地减少了灾区民众生命财产损失。

多年来，中国铁建中非建设十余次义务参与重大抢险，协助转移超过50万受灾居民；铺路打井，缓解了数十个村庄的出行和饮水困难；捐赠学习用品，建设学校，帮助数百名当地孩子顺利入学。

在履行社会责任的过程中，中国铁建中非建设与当地群众结下深厚友谊。在修建一条公路时，当地群众更是自发组织年轻人在夜间为中非建设守护设备。他们说："中国人是尼日利亚人民值得信赖的朋友，中国铁建中非建设不愧为有责任感的国际化大公司。"

海螺：世界水泥新标杆

李陈续[1]

18 > 100，这个数学中并不存在的概念，却是世界水泥行业的典型案例——1997年成立的安徽海螺水泥股份有限公司，用了18年时间，一举超越具有百年历史的国际建材巨头拉法基、豪瑞，成为世界水泥单品牌销量第一。

凭借遍布海内外上百条水泥、熟料生产线的生产规模和不断创新的先进技术与良好经营效益，"海螺"已经成为世界水泥新标杆。

技术创新，站在产业前沿

中国第一条日产5000吨、8000吨、1万吨、1.2万吨新型干法国产化示范线，第一套水泥纯低温余热发电机组；世界首条水泥窑垃圾处理系统；研发海工、核岛、无磁、磁悬浮轨道梁专用水泥……从当年负债率超过90%的"拨改贷"试点企业，到组建集团，再到成为世界第一，海螺水泥走出了一条引领水

---

1 李陈续为光明日报记者。

泥行业技术进步的攻坚路。

2000年，经国家四部委批准，海螺技术中心被认定为国家级企业技术中心，是最早进入"国家级"行列的。以此为依托，海螺水泥瞄准行业技术制高点"攻城拔寨"。新型干法水泥生产，是实现生产过程自动化和高效、优质、低耗、环保的先进技术。当时，国外公司垄断了全球大型水泥生产线装备的供应。2002年，国内第一条5000吨国产化示范线铜陵海螺建成，并以90%以上的国产化率荣获国家科学技术进步奖二等奖。而到2012年5月，芜湖海螺第二条日产1.2万吨熟料生产线点火投产时，海螺人很自豪："这是当今世界技术最先进、单线规模最大的熟料生产线，我们有着完全自主知识产权，工艺技术领先世界10年！"

在很多人的印象中，水泥厂与高大的窑炉和烟雾粉尘联系在一起。但走进海螺，只见绿树成荫，窗明几净。海螺建成了世界最大的水泥纯低温余热发电机组和世界首条水泥窑垃圾处理系统。目前，余热发电技术已推广了159套机组，规模达1930兆瓦，涉及国内外45家水泥企业集团、235条水泥熟料生产线，年减排二氧化碳1347万吨，并因此荣获中国工业大奖项目奖，被列为国家十大重点节能工程之一。

机制创新，赢得市场竞争

销量同比上升5.3%，实现利润21.5亿元，占全行业的2/3。今年一季度，海螺水泥逆势上扬，无论是产销量，还是经营效益，均远优于行业平均水平。

向机制创新要市场，向管理创新要效益。18年前创建时，海螺水泥面临着激烈的竞争。海螺人从产销机制创新入手，大手笔布局长三角地区，采取"以退为进"战略，收购当地小水泥厂改造成水泥粉磨站，再将海螺的优质熟料运来加工，就地销售，创造了结构调整与扩大市场份额并举的"海螺商业模式"。一时间，20多家子公司在江浙沪成立，京沪高铁、杭州湾跨海大桥、浦东国际机场等工程让海螺广为人知。同时，海螺迅速布局珠三角和中部、西部地区。经过10多年快速发展，海螺的100多家子公司已遍布全国20多个省市区，市场份额超过了10%。

规模在扩张，成本在下降。海螺水泥一直致力于推行以"成本控制"为主的精细化管理创新。在海螺的各个子公司，生产围绕关键岗位流程、作业指导书和培训等策划方案、落实执行，变产品质量的结果控制为过程控制，每一道工序都落实到人。在销售运营上，海螺实行当地市场核心竞争力评估，然后确定价格、产量，并且通过高水平的服务延长客户的生命周期。同时，海螺在全部实行新型干法生产的基础上，进一步降低能耗，纯低温余热发电等新技术的广泛运用成为海螺制胜的法宝。

顺势出击，进军海外市场

5月21日中午，烈日炙烤下的印度尼西亚马诺夸里港口，配装着3716吨海螺水泥的太空包水泥配送船顺利抵达。

走出国门，参与海外市场竞争，是海螺水泥一贯的追求。美国，是世界上质量标准最为苛刻的市场之一。2004年，池州海螺日产8000吨生产线正式生产出"美标V型"熟料，首批产品取样检验测试，其3天早期强度、28天抗压强度、C3A、C4FA主要化学成分、发热量等主要指标均符合美国水泥标准。同年11月25日，海螺水泥出口美国首航仪式在泰州杨湾港举行，海螺成为我国第一家把产品打入美国市场的水泥企业。从那以后，海螺产品出口欧洲、非洲、亚洲等20多个国家和地区。

随着"一带一路"战略的实施，海螺积极把握基础设施互联互通的时机，加快了进军海外的步伐。在印尼，南加海螺和西巴布亚、孔雀港粉磨站项目已经落地生根；在缅甸，皎施项目老线生产运营有序，新线项目工程建设快速推进；老挝的琅勃拉邦项目、万象项目以及柬埔寨马德望项目前期工作稳步开展；海外首个总包工程SCG印尼SB1项目设备安装进入高潮，第二个大型水泥工程总承包项目开工建设。

企业精神寻访录

炮制虽繁必不敢省人工
品味虽贵必不敢减物力

——同仁堂：300年的承诺

陈海波[1]

梦想考取功名以济世，但年近半百数次不第——出生于医药世家的一位失意者，想起了父亲的教诲："可以养生，可以济人者，唯医药为最。"

济世，并非只有诗书功名一途。1705年，"同仁堂"三字匾额高高挂起。

这位中年人，就是同仁堂的创办人乐凤鸣。"同仁"二字，意蕴深远。乐凤鸣的父亲认为"同仁"二字"公而雅"：公，即儒家推崇的"天下为公"；雅，即《尔雅》中所释"义也""正也"。这些精神之义，正与乐家父子养生济世的价值追求相一致。

随匾额"挂"起的，还有一句铮铮誓言。乐凤鸣在《同仁堂药目》的序言中承诺："汲汲济世，兢兢小心，虽不能承先

1　陈海波为光明日报记者。

人万一，而至于遵肘后，辨地产，炮制虽繁必不敢省人工，品味虽贵必不敢减物力，可以质鬼神，可以应病症，庶无忝先君之志也。"

300多年的历史：汲汲济世和"必不敢"

两个小时的时间里，赵现红仍试图向记者再现他脑海中回顾过无数遍的那段历史。"我刚来这儿工作的时候，就常听老师傅讲堂史。"他说。

在赵现红的四季里，农历二月初二是一个特别的日子。向记者谈起这一天，这位北京同仁堂集团总经理助理、副总工程师语气虔诚。

二月二，龙抬头。在这个万物更始的日子，北京前门大栅栏的同仁堂老店也要除尘迎新——净匾，由药店经理、退休老师傅、青年技术能手等共同擦拭"同仁堂"三字匾额。"净匾，即敬匾，'同仁'容不得半点尘污。"他说。

"炮制的工艺无论有多烦琐，制药的原料无论有多昂贵，都不能偷工掺假，要能经得起检验，能医得好病症。"赵现红解释，汲汲济世和两个"必不敢"，是同仁堂许下的誓言和诺言。它们开启了同仁堂的长盛之路，同时获得了平民百姓和统治阶层的信赖。1723年，同仁堂开始承办官药，直至清末，此后又经过公私合营、现代化改制等。但承诺，300多年未曾改变。

存心有天知：诚信的自觉

"承办官药"的188年，同仁堂因"供奉御药"而名满天下。"但盛名也意味着重责，在当今的市场经济中，我们唯有'时时勤拂拭，勿使惹尘埃'，更加'兢兢小心'，常念'必不敢'，不能让先人的承诺失信于当下。"北京同仁堂集团党委副书记陆建国说。

1988年，上海甲肝流行，当时具有抗病毒作用的板蓝根一药难求，同仁堂门口聚满了前来求药的人。奇货可居，市场上板蓝根药价飞涨，但同仁堂不为所动。2003年，北京非典肆虐，同仁堂供应了北京地区一半的抗非典中药。由于供不应求，当时的安国药市号称一天出一个百万富翁。但同仁堂为保供应，坚决不涨价，甚至停掉其他产品生产线以增加这些急需药品的供应。仅非典期间，他们就因此损失了600多万元。义利相争，公义为先，这便是他们的济世之道。

近几年，同仁堂的香砂枳术丸因缺货而被顾客质疑。但真实情况是，由于气候异常、种植环境变化等原因，枳实橙皮苷含量不达标，很难找到符合标准的原料，同仁堂因此暂停了香砂枳术丸的生产。药材等级不够，决不下料，决不以次充好，缺货反而是对消费者的一种负责和诚信之举。

此外，制药时，僵蚕不能用僵蛹代替，一斤十六头的人参不能用三十二头的小参代替，七珍丹中的寒食，必须在春天柳树发芽时制造，大蜜丸所用之蜂蜜，必须专用河北兴隆的枣花蜜……"遵肘后"，严格依方配药，不得更改；"辨地产"，坚持用地道、纯正、上等药材。这是他们对两个"必不敢"诺言的实践。

"诚信是经营的底线，自律则是诚信的根基，在制药过程中顾客可能看不见你，但是制药的人一定要对得起天地良心。"陆建国和同仁堂的同人们并不信奉神明，但他们信奉"修合无人见，存心有天知"。这种自律使他们从"不敢"走向了"不想"，使诚信成为一种自觉。

和同于人：在文化传承中塑造人

在同仁堂300年的岁月中，有些东西从未改变。

"同仁堂经历了公私合营、国有企业、股改上市等多个体制机制的变化，但诚信之魂一直未丢，也未变。"陆建国说。

陆建国1981年进入同仁堂，30余年的经历使他有足够的自信告诉众人，同仁堂300年承诺锤炼出的诚信之魂不仅当下不会变，以后也不会变。因为，诚信已成为同仁堂的文化基因。

"同仁堂讲究师徒传承，在传承技艺之外，尤其重视传承文化。"陆建国告诉记者，同仁堂对于每个新来的员工，首要之事便是传承同仁堂文化，以前多是老师傅的言行传教，现在则有专门的培训。

赵现红就对刚进入同仁堂的那段日子记忆犹新。老师傅曾指着同仁堂门上的"必不敢"对联，向他谆谆叮嘱，"这不是对联，而是箴言。"同仁堂的文化不仅仅在于规范其职工的行为，更在于塑造一个人。

赵现红喜欢听堂史，也喜欢说堂史，就像他的那些老师傅一样。"听说"即是传承，他们在不断的历史重读中，将同仁堂的文化积淀、留住、传播。这文化教会他们要存公义之心和济世情怀，教会他们要存心天知而自律自爱，教会他们守古而不泥古，教会他们无论多久的承诺都不能失信。

　　"这种文化传承还能促进同仁堂的同人们心同志同，并肩协力。"陆建国说，这便是《周易》的"和同于人"思想与同仁堂文化的契合。《周易》中有"同人卦"，"同人于野，亨。利涉大川，利君子贞"，意为能与众人同心协力跋涉于野外，有利于君子坚守正道。同仁堂的文化传承，正是要塑造这样共同坚守正道的人。

　　"同仁堂文化是儒家思想和中医药事业的结合，将中医药养生作为济世的事业，将制药的诚信作为个人的品德。"陆建国说，济世和诚信的价值追求成就了同仁堂，对培育和践行社会主义核心价值观也具有启示作用。因为，同仁堂的塑人文化，与社会主义核心价值观有着内在的契合。

掌握新技术要善于学习 更要善于创新

——咱"宝钢人"的精气神

颜维琦　曹继军[1]

1978年12月23日。长江入海口。一天前，党的十一届三中全会刚刚闭幕。此刻，轰鸣的打桩机已经打破冬日的萧瑟，为这块沉寂多年的土地注入青春活力。就在这里，中国第一个现代化大型钢铁联合企业——宝钢，破土动工。

"宝钢的诞生本身就是改革创新的产物，宝钢的发展更证明了改革创新的力量。"王康健是宝钢首批建设者之一、众多"工人发明家"中的一员。1979年，23岁的王康健从上海冶金高等专科学校毕业，进入宝钢。这一干就是35年。

学习，创新。在王康健的记忆中，贯穿宝钢成长史的是这几个大字，这也是烙印在"宝钢人"身上的精神图腾。

1　颜维琦、曹继军为光明日报记者。

学习是宝钢人的底色

怎样才是"宝钢人"？三十多年的诠释，"宝钢人"早已成为一个群体的代表、一个时代的标签。这张响当当的名片里，学习，无疑是最鲜亮的底色。

从先进技术到先进管理，宝钢在高起点引进的基础上，坚持走出了一条吸收、消化、创新的新路。从国外买装备和技术，自主管理、自主生产、自主研发，宝钢做出的是地地道道的民族品牌。

今年8月，王康健和同事们工作之余时常谈论起一部电视剧——《历史转折中的邓小平》。"追剧"的宝钢人，对其中的宝钢情节无不自豪。

1984年2月15日，视察正在建设中的宝钢并听取汇报后，邓小平为宝钢题词："掌握新技术，要善于学习，更要善于创新。"

短短16个字，言简意赅。那个时候，宝钢刚刚经历了上马、下马，再上马的艰难波折。王康健清楚地记得，这句话激起了持续而热烈的讨论——在改革开放的背景下，一个现代化的企业怎么发展？一个全套引进的现代化钢厂，能不能建成、建好，并且管好？16字既出，方向已明。

"那时候，走进宝钢的工地、厂房，到处都能看到日夜拼搏的景象，每个人都铆着一股劲：建一流工厂，先得让自己成为一流的人。有了一流的队伍，掌握了一流的操作技术，才能用一流装备生产出一流产品。"王康健说，不管是靠自己学，还是向老外学，学习，成了宝钢人的头等大事。

勤学，还得善学。学习的目的是为了创新。令王康健感慨的是，宝钢始终把人的工作放在第一位，重视职工培训，重视队伍建设，鼓励每个职工不断学习提高，激发潜能。在宝钢，每个人都能找到空间和平台。王康健，从普通的技术工人到拥有百余项专利发明的技能专家，从出国培训一点点学到在岗位上一步步解决问题。他说："我们就像是一株株小苗，有幸在宝钢得到充分的滋养，获得了超常的成长。"

与生俱来的创新基因

在宝钢，像王康健这样的"工人发明家"还有很多。宝钢每天产生专利6件以上，60%由一线职工创造……这些数字令宝钢集团董事长、党委书记徐乐江底气十足：企业是创新的主体，职工是创新的灵魂。

宝钢研究院首席研究员王利说，他最幸运的事是进入宝钢，和宝钢汽车板产品一起成长。"宝钢是全国人民的宝钢，通过技术创新缩短中国钢铁工业与世界钢铁业的差距，是宝钢肩负的使命。"王利是宝钢汽车板研发的领军人物，由他作为主要参与者的宝钢高等级汽车板研发项目，曾获国家科技进步一等奖等殊荣。如今，全国马路上行驶的国产车，每两辆中就有一辆是用宝钢汽车板生产的。

"掌握新技术，要善于学习，更要善于创新。"在王利看来，宝钢应创新而生，以创新而兴，邓小平的题词，让宝钢与生俱来的创新基因得以凸显、放大。

从20世纪90年代车用钢板国产化替代开始起步，经过20多年的发展，宝钢研发生产的汽车板品种和规格最全，还有实现全球首发的新一代超高强钢，一系列过硬产品把对手甩在身后。而由卖产品转为卖服务的"互联网思维"，更是让宝钢领先一步抓住了客户的需求。王利说，未来，宝钢要实现从制造到服务的转型发展，还有许多全新的工作要做。

一种情怀 一种信仰

和宝钢人交谈，无论是参加工作不久的年轻人，还是功成名就的创业元老；无论是工人，还是管理人员，都能感受到一股强烈的危机感。

"今天的保持意味着明天的退步。"王康健说。

"中国汽车工业还将继续发展，我们要时刻做好准备。"王利说。

在王康健看来，宝钢之所以能在艰难中立于不败，一个重要的原因就是"宝钢人"的这股精气神。并且，宝钢一直有意识地倡导、建设、营造一种文化，让这股精气神得以传承、延续。"宝钢人"梳理《宝钢文化经典故事》《宝钢人的爱》，回顾每一位宝钢人书写的人生精彩与感动。

有人说，宝钢人有一种朴素的情怀。他们把企业当家，和企业共同成长。有人说，宝钢人有一种赤诚的热爱。他们的钢铁梦，投射到中国梦，让国家与个人的梦想变得越来越清晰。

"对一个企业来说，战略会调整优化，产品会升级换代，技术会创新发展，而文化则是精神追求的积淀，是永恒的存在。它是出发点，也是企业的最终走向。我们在二次创业的进程中，需要有一种力量来连接过去、直面当下、挑战未来。"徐乐江说，一个企业不能没有精神，宝钢有着这样一种文化自觉。

"敬人、敬业、创新、高效"

——海信的民族情与世界梦

刘艳杰　朱楠[1]

1999年，南非约翰内斯堡，当地报纸在很醒目的位置报道了一则新闻：在索尼、三星等世界品牌林立的机场高速公路旁边，意外地出现了一个中文广告牌，上面写着："Hisense，中国知名品牌"。

从1969年仅有十几个人的无线电厂到2014年拥有7万名员工的特大型电子信息企业，青岛海信集团用短短的45年，完成了一个民族品牌从中国制造到中国创造的蜕变，以"敬人、敬业、创新、高效"的企业精神实践了一个中国企业走向世界的责任与梦想。

放手使用，是对员工最重要的尊敬和培养

1991年，19岁的吴党生成为海信集团塑品车间的一名工人时，根本没想到在海信一干就是23年。"为什么没有离开呢？"

1　刘艳杰为光明日报记者，朱楠为光明日报通讯员。

已是海信通信公司青岛办事处总经理的吴党生说，"海信就是一个铁匠，这么多年不停地熔炼锻造我，让我发现自己有无限的可塑性。"

"2000年中秋节，我们在武汉推销空调，当时的空调公司副总经理孙慧政突然出现在我和同事们面前，给我们做了一顿丰盛的家宴。"吴党生说，在海信的企业精神中，"敬人"始终被放在第一位。

1998年，木工出身、自学外语的于游海经过打拼已经成为海信进出口公司的副总经理，却被领导约谈，让他去南非开拓市场。于游海痛快地接下了任务："敬人者人恒敬之，我信任海信，愿意为它赴汤蹈火。"

于游海到南非后，用了6年的时间，让海信彩电以15%的份额超越了诸多世界名牌，跃居南非市场占有率首位，为海信品牌走向国际化做出了卓越贡献。

"我们都是听着于总的传奇故事成长起来的，前辈们敬业拼搏的精神，不断激励着海信的年青一代。"海信通讯有限公司制造部部长康存勇说。

"放手使用，是对员工最重要的尊敬和培养。"这句话已经成为海信集团在人才培养上的一条准则。

技术立企，从"卖水果"变成"种水果"

在很长一段时间里，中国彩电企业因为不能掌握核心技术，被日本同行讥笑为"水果贩子"，意思就是只会拿别人的东西来加工贩卖，不会自己研发生产。为了改变这种现状，海信集团董事长周厚健非常坚决地选择了"技术立企"的发展之路，开始"种水果"。

"2000年，海信决定研发自己的数字芯片。"海信集团品牌管理部副部长朱书琴介绍说。在2005年6月，海信终于推出了中国第一块拥有自主知识产权的数字视频处理芯片——信芯，信芯打破了国外供应商的价格垄断，很快，国际芯片市场价格就降了一半，也结束了中国年产7000万台彩电而无"中国芯"的历史。

2007年9月，海信成功研发出平板电视模组并批量投产，结束了中国液晶电视模组几乎全部依赖进口的历史。2014年9月，海信又推出了全球首批激光影院，开启了无屏时代的序幕。

从变频空调、平板电视、3C融合到光通信技术、激光影院，海信始终走在自主创新的路上。如今的海信，每年都要拿销售收入的5%左右投入技术研发，每年有30多项科技成果出炉，其中80%以上达到国际领先或国际先进水平。

目前，海信产品远销世界130多个国家和地区，2013年实现销售收入932亿元。"技术立企"，已然为海信插上了腾飞的翅膀。

信诚无限，中国企业赢得世界尊重

1994年，刚就任厂长不到两年的周厚健，将使用了近20年的"青岛牌"商标变更为"海信"，从此拉开了一系列具有前瞻性的企业改革序幕。

海信的中文源于"海纳百川、信诚无限"两个成语，代表了这个民族品牌的"中国心"；海信的英文商标"Hisense"由"High"与"Sense"组合而成的，寓意高科技高享受，代表了这个民族品牌的"国际范儿"。

"诚信经营要成为全体海信人的行为准则和立足世界的第二个身份证。"周厚健说。

Nicalette是一位单亲妈妈，2002年加入南非海信，由于工作出色，不久便升任售后经理，人性化的企业制度令她倍感温暖，生活也由此改善。在南非，Nicalette们的故事有很多，用当地一位政府官员的话说，"海信让我们看到了优秀的中国公司令人尊敬的一面。"

据了解，海信集团目前已拥有四个海外生产基地、十几个海外子公司，初步确立了全球研发体系。在美国，海信参与当地慈善活动，致力于保障儿童安全；在非洲，海信多次赞助当地福利机构；过去4年，海信携手联合国环境署，赞助"绿色创新奖"，已为全球不同地区的69个"绿色项目"提供支持。

周厚健说，未来十几年，将有大批一流的"中国品牌"蝶变为"世界品牌"，而海信，就行走在这条充满光荣与梦想的路上。

义乌：二十万商户诚信走世界

严红枫　龚献明[1]

从一个普通的小县城，发展成为拥有200万人口、20万商户和国际影响力的城市；从一个贫瘠的小县，当年的马路市场，发展成"世界超市"；从简单的实体经营模式，发展到现在电脑终端到门店，被联合国、世界银行等权威机构誉为"全球最大的小商品批发市场"；从买卖全球小商品，到买卖全球生产资料。义乌，靠什么支撑起"世界超市"？

创业靠诚信　见利不忘义

几年前，义乌市征集和提炼城市精神，"诚信"以极高的认同度入选其中。"义乌市场30多年屹立不倒，而且越办越红火，靠的是'守合同、重信用'这块金字招牌。"浙江金华市委常委、义乌市委书记李一飞说。

20多年前，义乌小商品城经营户何丽娟就公开向买家声明"只赚一毛钱"，并坚持把"假一赔十"写在了提货单和发票上。

1　严红枫为光明日报记者，龚献明为光明日报通讯员。

2012年3月，"巨龙箱包"董事长邵宝玲把价值500多万元、1万多个稍有瑕疵的拉杆箱销毁。对此，邵宝玲说，义乌市场的制胜法宝是诚信。

第一代创业者，土生土长的义乌人金青仙说："在义乌经商，第一要诚信。"创业初始，一位客户来进货，付款时多给了2000元。她和爱人王泽宝清点发现后，一直开车追到金华，把钱还给了人家。

1983年，有个湖南邵东的客户到义乌经销商卢浩的摊位选了1300多元的货，卢浩点钱时发现对方多付了2000元。下午取货时客人并未发现，卢浩当即说明情况并将钱还给了他。不出10天，这位客人又来进货，同时带来了4位新客户。

2012年5月，一位异地老客户王小军到义乌服装市场的浙江康柔服饰有限公司直营店拿货时，售货员算错了折扣，多收了3058元货款。晚上盘账发现后，67岁的老板周云高马上联系王小军，并及时返还多收的货款。以后每年，王小军都会到康柔采购货品，和周云高保持了良好的合作关系。

诚信虽无形 却能见真金

今年3月15日，义乌市启动了"我诚信，我吉祥"工程，致力推动诚信建设制度化、常态化，要把义乌打造成名副其实的"诚信之都""信用之都"。

1984年9月，何海美发现市面上有一种围巾，制作容易，定型简单，非常适合刚入行的自己。经多方打听找到厂家后，她订合同要求厂家每天定型2000条。当时厂家并没有重视这个订单，合同签订后刚好围巾销售进入旺季，竟一时拿不出2000条货。为了不失信于客商，何海美和丈夫出资在当地找了十余个小工，请厂里的技术人员指导，自行制作、定型。

经过三天三夜轮番加工，终于在规定时间内将货物交付到客商手上，保住了自己的信誉。厂家这才明白原来这位女老板是真的准备大干一番，厂家后续的生产计划也及时做了调整，偶尔产品库存不足也优先提供给何海美。有了充足的货源保证，何海美进一步扩大了生意规模，靠着良好的口碑和信誉发展壮大，终在市场围巾行业销售大户中占得一席之位。

周小云是篁园服装市场一位典型的80后经营户。2012年10月，一位南美智利客商到周小云店里订了5款上万条牛仔裤，其中3个款式由客商提供样板订制。

未考虑季节因素的周小云先入为主地错认为样板面料是时下秋冬季的厚料。实际上南美正值春夏，客商提供的样板为春夏季的薄料，面料市场上都没有现货。双方签订合同后，周小云在工厂准备生产时发现了这个问题。周小云决定按照客商的要求，这样一来每条牛仔裤少报价五元，整个单子做下来要蚀本三万余元。

经过这件事，该客商与周小云成了朋友，每年入境来义乌都要到周小云处订购数个集装箱的牛仔服饰，不断介绍新客户，还成为周小云旗下"周字牛仔"在南美地区的主要分销商。

唯有诚信在 市场才壮大

义乌商贸区是中国国际化程度、外国人比例最高的地区，每天有2万左右外国人在数万个店面驻足挑选货物。2011年3月，全国唯一一个在县级市开展的国际贸易试验区，经国务院批准落户义乌。国际贸易意味远程、虚拟、交易，最后是信用作为基础。在虚拟上运行，没有诚信，就没有国际贸易。如今，信用交易方式在义乌市场已经占到了交易规模的70%以上。

其实早在2000年，义乌就对整个市场的经营户信用进行分级监管。2007年9月开始，义乌发布了全国首个市场信用指数。2012年，为适应电子商务的发展，义乌推出了与线下7万个摊位相关联的义乌购诚信交易保障体系。

来自黑龙江的采购商王叶平在市场上订了价值20万元的手镯，付了订金，约好1个月交货，可收货后发现手镯的焊接出了问题。他立即联系该经营户，该经营户二话不说加急给他重新加工，还表示愿意承担来回运费，并支付延误费。

义乌市凯利电子商务有限公司，是一家创办多年具有自主品牌且拥有一定生产研发能力的公司。2014年5月初，一位生意来往多年的老客商要求该公司生产一款日本仿牌商品，订单数量大利润十分可观。但经营户负责人明确告知对方：公司不会接此订单。公司不会缺少这一个单子而失去发展机会，但可能会因接了这么一个单子而拖垮整个公司。

义乌中国小商品城先后被国家工商总局命名为全国首家

"守合同、重信用"市场，"全国市场信用分类监管示范市场"荣誉称号。

义乌信用监管经验成为全国样本。

以文会友 荣名为宝

张玉梅 于园媛 刘莉[1]

北京和平门外有一条东西小街，以南新华街为分界线，划为东琉璃厂和西琉璃厂。这条小街长不过1里，却是文人墨客的"圣地"，他们喜欢在这里淘书、淘字画、淘古玩，而位于西琉璃厂的百年老店——荣宝斋，是这一带最聚敛人气的金字招牌。

荣宝斋带旺了琉璃厂的文化集市，"新春渲染赛窗帘，北溥南张写素缣"，这句诗描绘了昔日荣宝斋的新春盛景，窗户档上挂满了字画，像窗帘一样。这些字画可不一般，都是像溥心畬、张大千这样大名鼎鼎的艺术家的作品，可见荣宝斋这块招牌沉淀了多么厚重的文化含量。

一路"文"缘

荣宝斋的百年商脉系着一个"文"字，"以文会友，翰墨结缘"，荣宝斋成了名副其实的"书画家之家"。

---

1 张玉梅、于园媛为光明日报记者，刘莉为光明日报通讯员。

鲁迅1912年至1926年居京期间，来琉璃厂文化街近500次，购物3000多件，其中有很多笺纸。当时制笺艺术近于衰败。他与郑振铎两人于1933年搜集、编辑了《北平笺谱》，并委托荣宝斋出版。翌年又委托荣宝斋翻刻明代的《十竹斋笺谱》，历时7年，成就了荣宝斋制笺史上最为辉煌的篇章。

郭沫若经常去逛荣宝斋，牌匾"荣宝斋"就是由他所题。荣宝斋木版水印齐白石画作达百余种，白石老人称荣宝斋为"知己"。徐悲鸿、傅抱石、王雪涛、启功、黄永玉、范曾等诸多大家都与荣宝斋有着不解情缘。

说到与荣宝斋的交往，年近70岁的老画家吴悦石很有感触，在他看来，书画家与荣宝斋的交往就像平时写字、画画的生活一样，是平淡的、平常的。然而，在这样平淡的交往中，荣宝斋始终坚守着对于传统文化的传承，正是这种坚守使平常变成了不平常。

一字"真"经

奉雅守正，亦商亦文。荣宝斋总经理马五一认为，这是百年老店面对市场万变的一定之规，也是荣宝斋事业发展的根本和"源头之水"。

艺术市场如此繁荣的当下，书画作品的真伪一直是困扰收藏者的大问题。荣宝斋出售的艺术品，标价较一般画廊要高。从1988年始，荣宝斋对部分画家的作品实行了独家经营，售出作品全部附有出售作品目录和真迹证书，证书上附有画家签字，并盖有荣宝斋的钢印，可以让顾客买得放心。

范曾就和荣宝斋达成专销协议。此前，吴作人、李可染、王雪涛、程十发等老一辈书画家都曾与荣宝斋签订过专销协议。这种做法既能逐步减少并进而杜绝赝品在市场上流通的机会，又为国家增加了收入，维护了画家的声誉，可谓明智之举。荣宝斋艺术品的"真"为其附加了超过市场价值的诚信价值，在市场中起到"托盘"的作用。

"诚信为本"是荣宝斋企业精神中最重要的一条，马五一告诉记者，它来自于传统文化的根基，形成于一代代荣宝斋人的经营实践，也充分体现了社会主义核心价值观。"艺术家与顾客是荣宝斋的衣食父母，诚信服务是荣宝斋的生命线。"马五一说。

一"脉"相承

走进荣宝斋木版水印工艺坊，55岁的王丽菊在有条不紊地给《簪花仕女图》套版着色、印刷。这一幅画需要700多套版，40张全部完成，需要三到四年。"木版水印最需要的就是静心和悟性。"这位国家级传承人说。

木版水印素有印刷"活化石"之称，需要勾描、刻版、印制几大工序，是中国特有的一种古老的手工印刷技术。2006年，"木版水印技艺"正式被列为"国家级非物质文化遗产"。如今，荣宝斋从原来只能印制大不盈尺的诗笺信笺，逐步发展到能够印制丈余巨幅，从原来只能印制纸本书画，逐步发展到能够印制绢本重彩，木版水印技艺复制的书画品种有五千余种。

据介绍，荣宝斋展示厅中的一幅复制品《韩熙载夜宴图》，单就仕女裙一处就需要56块套版加以印制，勾描、刻版共1667套，每幅需印刷8000余次。这些作品印制完成之后，便直接被故宫博物院定为"次真品"，其意指这些作品的珍贵程度仅次于真品。

目前，木版水印工艺坊中过半的职工都是年轻人，最小的仅有22岁。80后小伙子李扬指了指身边几位同龄人，愉快地说："我们愿意一直坚持下去，让'荣名为宝'这样的传统文化盛名代代相传。"

中国南车：
从中国制造走向中国创造

温源[1]

"中国装备走出去，你们的机车车辆是代表作。我每次出访都要推销你们的产品，你们要倍加爱惜自己的声誉。"2014年7月4日，国务院总理李克强在南车株洲电力机车有限公司考察时这样表示。中国南车股份有限公司之所以享受到了这种高级别的"总理营销"。不仅因为美丽的流线型机车加速了高铁发展的大时代，更重要的是企业始终坚守的一份诚信、敬业、创新、超越的品格。

责任，随着轨道延伸

2014年8月18日，中国南车戚墅堰公司第46场"道德讲堂"开讲。作为一家百年国企，他们为新员工上的第一堂课就是"责任"。"280机车的故事是公司责任文化的集中体现。"老一代科技工作者娓娓道来：1979年5月，公司研制的大功率280柴油机下线，它的出现，彻底改变了20世纪70年代至80年代我国

---

1 温源为光明日报记者。

内燃机车功率小、状况差的现状。

"在中国南车，'责任'不是一个空泛的口号，而是实实在在的行动。"戚墅堰公司总经理姚国胜指出。

"每个人都要对自己所做的工作负责任，公司实行实名制作业，大到部件安装，小到线路连接，全部实现责任可追溯。"南车一位基层员工告诉记者。

对责任的追求最后在每个产品上闪光。从大都市到戈壁滩，从南方平原到北国大漠，从非洲大地到中东热土，来自中国南车的高速机车热情地驰骋在数万公里的铁路线上。

创新，渗透于企业血脉

中国南车的灵魂是什么？南车人的答案相当一致——"自主化的技术创新是企业发展的主线和灵魂。"

中国南车四方股份公司是南车集团创新行列中的领军者，也是CRH380A高速动车组的缔造者。四方公司总经理马云双告诉记者，创新有两个指导思想，一是"以我为主"，二是"先人一步"。

"中国铁路独特的国情路情，决定了原封不动地照搬国外现成技术根本行不通，引进技术必须坚持'以我为主'，牢牢掌握核心技术；'先人一步'的底气则来自前瞻的思维和扎扎实实的技术储备。"马云双指出。

当年在引进消化吸收时速200公里动车组技术的同时，四方公司就启动了自主研发时速300~350公里动车组项目，并快速掌握了高速动车组的核心技术。

如今，中国南车动车产品已经成为中国自主创新的一面旗帜。10月10日，在中德两国总理共同出席的第七届中德经济技术合作论坛上，中国南车与德国德累斯顿工业大学、斯图加特大学共同签署了成立"中德轨道交通联合研发中心"合作协议，中国南车的创新之路又将开启新的征程。

诚信，让速度与责任同行

自主研发的高速列车运营试验最高时速486.1公里、实验室最高时速605公里，代表了世界高铁技术的顶级水平；主持并参与制定了52项高铁国际标准；产品出口到全球84个国家和地区——这是中国南车树立的中国高端装备的品牌形象。

但是，让全世界都认可你的高铁产品可不是件容易的事，仅有创纪录的速度是不够的，南车人的做法是让责任与速度同行，从技术创新和质量保证两方面兑现"绿色、安全、舒适、可靠"的品牌承诺。"向社会提供高品质的产品，让中国高端制造立得住、叫得响，是中国南车对诚信最直接、最有力的诠释。"中国南车董事长郑昌泓指出。

品牌形象的背后，是对产品质量精益求精的要求，确保道道工序零缺陷，台台机车可信赖。截至2013年年底，中国南车为全国铁路提供了755列标准编组高速列车，累计安全运行8.86亿公里，运输旅客数亿人次，真正做到了让用户放心、乘客舒心、政府省心。

青啤：好人酿好酒

刘艳杰[1]

"一位徒弟正在刷洗发酵池，徒弟问师傅，干净的标准是什么？师傅问，你爹喝啤酒吗？徒弟说，喝。师傅说，那就仔仔细细地刷，它就是你爹的酒壶。"这是流传在青岛啤酒公司一个久远又真实的故事。现在，青啤新员工在入职培训时依然会听到这个故事。

和大多数中国企业相比，青岛啤酒最不可模仿和复制的地方在于，它有着真正的"历史"。1903年，由德国商人和英国商人合资创建的日耳曼啤酒公司青岛股份公司成立，经过111年的沧桑变迁，德国经典技术和中国酿造文明融合发展，青岛啤酒已经成长为蜚声世界的中国品牌。

"人无精神不立，国无精神不强。人对精神的传承，应如日月经天、江河行地。"青啤公司董事长孙明波说。在青啤一百多年的发展历程中，"做好人，才能酿好酒"的观念已经渗透到每一位员工的血液里；"尽职尽责，追求卓越"的企业

1　刘艳杰为光明日报记者。

精神，已经成为青啤最宝贵的资源和核心竞争力。

精雕细琢 好人才能酿好酒

有人说，质量就是青啤的"宗教"。一瓶青岛啤酒的酿造从开始到结束，需要经过1800多个检测点，为了确保送到消费者手中的每一瓶青啤都是最完美的，青啤对质量有着近乎苛刻的标准和要求。也正是因为如此的精雕细琢，青啤才能以"健康、自然、醇厚"的风格征服全球消费者的味蕾。

为了一点划痕停产数小时，延缓了几万罐啤酒的生产。在外行人眼里，这简直是小题大做。然而，在青岛啤酒五厂包装部部长王振竹看来，"宁肯牺牲产量也要保证包装质量"。2013年3月，王振竹发现个别易拉罐罐体上有划痕，立即让大家停机检查。"其实那小小的划痕并不影响美观，而且符合生产标准，甚至很少有消费者能够注意到，但每道工序都有标准，我们的原则就是要尽善尽美。"

"从1975年进入青啤，我的师傅就开始手把手地教我，从如何刷干净酒瓶子到酿酒细节怎么拿捏和把控，不厌其烦地口传心授。"青岛啤酒荣成公司酿酒师戚跃进说，从上游的一粒大麦、一颗酒花、一滴水，到下游的物流、售卖，甚至喝啤酒后第二天的感受，他都会细细关注。

绿色发展 好心一定有好报

当其他企业还在对低碳发展观望的时候，青啤在2010年就启动了温室气体盘查，成为国内酿酒行业第一家低碳体系定点试点单位。秉承着"好心有好报"的朴素环境观，青啤通过了一系列的绿色发展规划，实现了与大自然的和谐共生。

"早在实习的时候，就听师傅说，青啤不仅是啤酒制造厂，还是清水制造厂，正是这种先进的环保理念促使我来到这里。"赵静是青岛啤酒二厂污水处理站的负责人，她笑称自己每天都在和污水"谈恋爱"，"不管是哪个环节的污水，在我这里，最后都要干干净净地还给自然"。

"2013年，单是青岛啤酒厂就有7000多吨二氧化碳通过回收再利用，仅此一项减排的二氧化碳，相当于种植了6万多棵30年树龄的冷杉树。"青岛啤酒厂工程部空冷工段工段长赵亮，总是习惯性地给大家算这笔循环经济账，而且，这组数字不过是青啤在全国60多家工厂中的一组环保数字，循环产业链已成为青啤集经济效益、社会效益、环境效益为一体的新型竞争力。

"没有废弃物，只有被放错了位置的资源。"这是青啤的环保观。2013年，青啤全面完成环保目标，获得"中国绿公司百强""低碳先锋企业"等荣誉称号，百年青啤正以"环保达人"的姿态奔跑在绿色发展的大路上。

觥筹交错 好酒全球遇知音

"不少外国人认识中国是通过两种途径，一个是孔子，另一个就是青岛啤酒。"这是许多人在国际化交流过程中的深刻体会。人们发现，在觥筹交错间，"青岛啤酒"已不仅仅是一种饮品，它的文化含义早已超越了啤酒本身，成为中国与世界"对话"的一张亮丽名片。

"青岛啤酒销售量非常好，是英国最流行的品牌之一。"在英国班尼斯特街头，一家以青岛啤酒为主品牌的酒吧在当地小有名气。酒吧老板说，他开设酒吧的理由很简单，就是爱喝青岛啤酒。

"买半打本地啤酒只要4美元，而买半打青岛啤酒则需要7美元。"即使在欧美市场，青啤作为进口的高档货，虽然身价不低，却很受欢迎，美国《商业周刊》还把青啤评为"中国的形象大使"。

提到青啤的国际影响力，就不得不提已经成功举办了24届的青岛国际啤酒节，还有在全国近60个城市所举办的当地青岛啤酒节，每年几百万海内外游客的参与，对促进中国与世界的融合发展影响深远。

截至目前，青啤在全国已经拥有60多家啤酒生产企业，远销全球80多个国家和地区，成为世界第六大啤酒厂商，是中国第一家拥有千亿品牌价值的啤酒公司，十一度蝉联"中国最受尊敬企业"，九度登榜《财富》"最受赞赏的中国公司"。

鞍钢：一个企业，出了两代"雷锋"

毕玉才　刘勇[1]

半个世纪前，一身工装的雷锋从这里走出，走进军营，走进伟大的共产主义战士行列。

半个世纪后，又一位"雷锋"——郭明义，从这里走出，走进了全国道德模范的光荣史册。

60余年来，这家企业共涌现出各级劳动模范6098人次，其中，全国劳模115人。在这些劳模身上体现出的"创新、求实、拼争、奉献"精神，也成为该企业一笔宝贵的精神财富。

这个企业就是鞍钢。

鞍钢炼出了新中国第一炉钢

1948年，伴着辽沈战役隆隆炮声，鞍钢回到了人民手中。然而，此时的鞍钢已千疮百孔。外国专家断言："这里只能种高粱，恢复重建至少需要20年。"勇于拼争的鞍钢人从来不信这个邪，仅用半年多时间，就恢复了钢铁生产。

当时，鞍钢备件奇缺，老英雄孟泰发动大家收集、献交器

1　毕玉才、刘勇为光明日报记者。

材，甚至冒着严寒砸破冰层跳进水里寻找设备，捡回成千上万个零部件，经过修理，建起著名的"孟泰仓库"。

"一五"期间，矿山生产一线告急，大批凿岩机因缺少备件卡动器而被迫停止作业，试制卡动器的任务落在年轻工人王崇伦身上。他刻苦攻关，先后8次改进工具，发明了"万能工具胎"，将工作效率提高了6倍以上，一年时间里完成了4年1个月零17天的工作量，被誉为"走在时间前面的人"。

截至目前，鞍钢已累计生产铁4亿多吨、钢4亿多吨、钢材3亿多吨，上缴利税总额1400多亿元，相当于国家同期对鞍钢投入的26倍。

鞍钢是中国精神的"红色熔炉"

伴随着一炉炉好钢的火热出炉，鞍钢也锻造出一批享誉全国的英雄模范人物。老英雄孟泰、"走在时间前面的人"王崇伦、革新能手张明山、伟大的共产主义战士雷锋、炼钢能手李绍奎……

新中国成立60周年之际，中央11个部门评选"100位新中国成立以来感动中国人物"，从鞍钢走出来的雷锋和长眠于鞍钢的孟泰双双上榜。从旧中国走来的雷锋，在鞍钢这座大熔炉里，得到了锻炼和升华。在鞍钢工作的一年零两个月时间里，雷锋以旺盛的工作热情和突出的工作业绩，迅速成长为鞍钢的先进典型。到部队后，他很快成长为一名伟大的共产主义战士。

非常巧合的是，当年亲自把雷锋送到部队的兵役局政委余新元，26年后又把一位"雷锋"送进了部队，而且同样是一名汽车兵。这个人就是"当代雷锋"郭明义。"郭明义同志的成长不仅是家庭熏陶、部队锻炼、组织教育的结果，更离不开鞍钢这块热土的培养，离不开鞍钢厚重的企业文化熏陶。"鞍钢集团党委副书记尹利说，郭明义是几十万鞍钢人的优秀代表和鞍钢"创新、求实、拼争、奉献"精神的精细体现。

鞍钢让劳动者共享职业荣耀

今年5月29日，鞍钢集团党校，一阵热烈的掌声中，一个平头、矮个儿、目光炯炯的小伙子走上主席台，从集团党委副书记尹利手中接过聘书，正式成为鞍钢集团党校的兼职教授。他就是刚刚获得国家科学技术进步奖二等奖的一线工人李超。

鞍钢，让每一个劳动者都保持着足够的自豪和尊严。鞍钢中厚板厂职工冯生，患强直性脊柱炎，生活不能自理。鞍钢集团公司董事长张广宁走访得知后，亲自安排他到广州治疗。现在，冯生不仅能走路，还能骑着自行车"秀"车技。

"企业的核心价值观是决定企业文化性质和方向的最深层次要素，是企业文化软实力的灵魂。"鞍钢教育培训中心主任王欣说，鞍钢的发展历程已经证明：正是我们的企业拥有了优秀的核心价值观和企业文化，才使我们的企业在发展的历史上战胜了一个又一个的困难。

2012年的冬天，对于中国钢铁企业来说异常寒冷。产能严重过剩造成的生产疲软，使整个钢铁行业处于非常困难的状态，鞍钢全集团亏损152.5亿元。然而，面对困难，鞍钢集团20万职工励精图治，齐心协力，2013年强势反弹，一举减亏108亿元。鞍钢集团董事长兼党委书记张广宁告诉记者，取得这样的成绩，靠的就是全体鞍钢人自强不息的精神，靠的就是改革创新的坚强决心。

联想拜博口腔：
仁爱的秉持和坚守

吴琳·徐方玲[1]

今年6月以来，"联想拜博全国种植牙免费救助公益行"活动在拜博口腔医疗集团全国20个事业部红红火火地开展，陆续走进重庆、昆明、珠海等多个城市。

今年6月，联想拜博装有专业牙椅的"爱牙车"开进了全国500多个社区，居民在家门口就享受到了放心又温馨的口腔医疗服务。

联想拜博口腔医疗集团创始人、董事长、总裁黎昌仁表示，企业文化是企业的信仰与精神，坚守厚德与诚信，拜博以仁爱之心经营这份事业。

锻造"五德做人"品格

10月13日，医生李玲要接待一位特殊的患者——90岁的老红军，这是集团众多公益活动的一项。下午李玲还要给集团100余名医生培训，晚上7点，她还要赶去参加中美种植牙学术

---

1 吴琳为光明日报记者，徐方玲为光明日报通讯员。

交流，学习国际最先进的牙科技术。晚上11点回到家中，李玲感到充实而满足。

这是拜博口腔集团一位医生的一天，紧张充实而忙碌。形象、生动地诠释了拜博企业精神：厚德、进取、创新、奉献。有一份自己热爱的事业并为之而努力是很多人的梦想。李玲笑着说，她的梦想在这里都实现了。

融摄国学精髓，拜博集团锻造管理者与员工"五德做人"的品格。五德者，仁、义、礼、智、信。厚德，是联想拜博最强调的企业精神。今年6月起，公司不定期开展"儒家文化与企业核心价值观"内容的讲座，将儒学精义贯穿于企业价值观。通过对儒家文化的学习，员工的思想有了很大的变化，大家都说公司更有凝聚力了。

秉持仁爱和诚信

近年来，民营医疗机构已经成为医疗行业不可忽视的力量。然而，诚信缺失与人才短缺成为公认的制约行业发展的两大瓶颈。

"诚信为本，质量第一。对于诚信，我看得比生命都重要。"黎昌仁说，"医疗是一个特殊行业，医者应有仁心。"

医患关系，在拜博被定义和实践成一种家人般的温情关系。顾客为这样愉快而有效的医疗经历而欣慰，成为拜博口碑的传播者。拜博以顾客为中心，医生会充分地倾听顾客的病情讲述，为其提供最先进的诊断治疗技术手段。所有医生均能精诚协作，当一个医生确诊一个病例后，往往要请教同行甚至可能是下级医生，看看有没有不同的诊断意见。他们相互交流，让顾客切实感到医生们是在相互协作为其诊治。

贴心的治疗让来自香港的一位顾客十分信任拜博的范揆医生："她会设身处地为顾客量身定制对症的治疗方案，她给我做的每一个检查都是必要的。"

恪守传统与科技创新的合奏

目前国内口腔医疗耗材基本全部依靠进口，还没有一家生产企业从事研发、生产。拜博就是要做这个领头人。黎昌仁已经造访过国内外多家口腔设备制造厂，收购、整合，重新出发，形成一个真正完整的产业链，从培训到医院经营，到耗材与设备的研发生产和技术输出。

2011年，拜博口腔就与国际种植牙专科医师学会（ICOI）签约，成为ICOI亚太地区合作伙伴，并在北京成立了"全国种植牙培训与救助中心"（BITC），培训出1000多位牙齿种植医师。目前，拜博正在打造国际口腔医学院。

现在，拜博集团在全国20个一线和省会城市拥有百家口腔连锁，5年发展战略中，拜博要在全国设立医疗机构达到或超过200家，其中每个省会城市都设立口腔医院或门诊，为更多的人带来口腔健康的福音。同时，拜博要建立一个产业园区。近日，拜博在大连的医院和门诊开业在即，正在进行最后的准备工作。

打造全国一流，国际知名的口腔第一品牌，做百年老店。拜博的愿景非常明晰。振兴民族品牌，产业报国。梦想让黎昌仁和他的团队每一天都激情澎湃！

中华书局：百年的守正与出新

杜羽[1]

2012年3月的一个夜晚，87岁的陆费铭琇老人点燃了一盏明灯。火种开始传递，从耄耋之年的老编辑，到中坚一代，直至十来岁的稚嫩孩童，10位传灯使者手中的灯火，依次点亮。此刻，距离陆费逵初创中华书局时的1912年，整整过去了一百年。

强毅、专一、前进，当年，出版家王云五曾这样评价陆费逵的性行。百余年来，这位创始者的情操与格局，在几代中华书局人的血脉中薪火相传，成为这家出版重镇的精神根基。

强毅

"立国之本，在乎教育；教育根本，实在教科书。教育不革命，国基终无由巩固。教科书不革命，教育目的终不能达也。"在1912年发表的《中华书局宣言书》中，陆费逵如此阐述中华书局的使命。不久之后，中华书局就出版了自己的《中华教科书》。

没有了以往教材中的枯燥说教，顺应辛亥革命的时代潮

---

1 杜羽为光明日报记者。

流，提倡教育改革，《中华教科书》成为我国历史上第一套适合民主共和政体的教科书，迅速在全国流行开来，一举奠定了中华书局在近代中国出版界的地位。老一辈学者中有不少人正是因为这套教科书而与中华书局结缘，历史学家邓广铭就是其中之一。他曾回忆："这些教科书使我耳目一新，扩展了我的视野，也开拓了我的思路。"

《中华教科书》成功了，然而，"麻烦"也随之而至。1914年3月，当时的教育部非正式通知有关书局，要求在教科书中加入颂扬大总统袁世凯的内容。1916年1月，《日本》《国耻》《明国耻》等课文中的爱国主义内容，招致日本驻华大使向中国外交部提出交涉。面对强权，中华书局旗帜鲜明，毫不妥协，始终保持着坚持进步、反对倒退的强毅。

"中华书局经历百年风风雨雨，至今仍能屹立于学术之巅，靠的是两个字：一个是'特'字，一个是'精'字。"中华书局原总经理李岩解释说，"'特'是举世无双，不求第一，但求唯一；'精'是精益求精，不求最大，但求最好。"

专一

早期的中华书局，凭借其独树一帜的个性，吸引了大批志趣相投的学者加盟，梁启超、沈雁冰、刘大杰、张相、黎锦熙、田汉、陈伯吹等或受聘编辑，或特约著述，一时风景，蔚为大观。

1958年，中华书局成为整理出版古籍的专业机构，徐调孚、陈乃乾、赵守俨、宋云彬、杨伯峻、王仲闻等古籍整理专家陆续汇聚中华书局。这个阵容与30年前相比，也毫不逊色。中华书局在时任总经理兼总编辑金灿然的倡导下，学术气氛浓厚。回忆起调入中华书局工作的日子，出版家戴文葆说，中华书局成了他大学毕业二十多年后接受再教育的新学园。

"在编辑部的工作档案中，我曾见过王仲闻先生审读加工《全宋词》所留下的高可盈尺的审稿记录和与作者唐圭璋先生往返商讨的信件，还见过周振甫先生审读《管锥编》时长达数万言的审稿意见。"现任中华书局总经理徐俊，为前辈们的风范深深折服。1987年，当他开始担任《全唐诗补编》责任编辑时，效法老一辈的学术态度、奉献精神，成为他的不二选择。

"《补编》看似一部文学作品辑补之作，实际上是一部具有非常大难度的学术考订著作。在此期间，我系统搜集国内相关著述，并予以鉴别，再与作者往返通信，商讨书稿的有关细节，彼此成为志趣相投的挚友，因缘难得。"徐俊说，在学者型编辑最集中的中华书局做编辑，要熟悉书稿所涉及学科的研究状况，而不能满足于书稿的一般技术性处理，已经成为一种传统。

前进

对于熟悉中华书局的人来说，"前进"的精神一以贯之，历史学家何兹全就曾道出其中的奥秘。他说，在其他出版社还在影印出版古籍的时候，中华书局就出版了不少标点本、排印本，像《四部备要》。而新中国成立以后的点校本"二十四史"

和清史稿，有标点、有分段，更方便现代人使用。

在2003年年底的一次座谈会上，北京大学教授袁行霈寄语中华书局"守正出新"四个字，很快成为新世纪中华书局的"局训"。为了弘扬传统、服务学术，重要的基本古籍，即使内容再专，市场再小，也要坚持出版。与此同时，挖掘典籍中的精华，让大众通过不同的载体和方式共享传统智慧，同样义不容辞。

于是，《中华经典藏书》《中华经典名著全本全注全译》《中华国学文库》陆续面世。普通读者发现，放下繁体竖排的身段，这些新式标点、简体横排的经典，面目变得亲切可爱，而古籍整理的严谨态度并未稍减半分。

古籍数字化的尝试也在这里进行。2014年6月，"中华经典古籍库"在全国多家图书馆投入使用，首期收录近300种中华书局出版的整理本古籍，共2亿多字，引用文献可以自动生成引用脚注，与查阅纸书一样准确。

"我们希望国家社会进步，不能不希望教育进步；我们希望教育进步，不能不希望书业进步。我们书业虽然是较小的行业，但是与国家社会的关系却比任何行业为大。"陆费逵这句名言镌刻在中华书局的大厅，激励着每个从这里走过的中华人。

中国制造　中国创造

中国商飞：
让中国的大飞机翱翔蓝天

张翼　颜维琦[1]

12月8日，记者来到中国商用飞机公司总装制造中心浦东基地。在安静的总装车间内，巨幅五星红旗在墙上，带有"商飞蓝"和"商飞绿"涂装的C919大型客机停在地上，身着深蓝色"中国商飞"工装的技术工程师正在现场认真地调试。

C919的亮相标志着我国成为世界上少数几个掌握研发制造大型客机技术的国家。中国商飞公司总经理助理、上海飞机设计研究院院长郭博智告诉记者，按照计划，明年C919力争首飞，中国的大飞机将翱翔蓝天。

翻越高山摘取"工业皇冠上的明珠"

物有甘苦，尝之者识；道有夷险，履之者知。

"就像要翻越一座从未爬过的大山一样，我们并不知道在翻越的过程中会遇到哪些问题。逢山修路、遇水搭桥，只有在艰苦的翻越过程中才知道困难是什么，用什么样的办法可以解

1　张翼、颜维琦为光明日报记者。

决。"郭博智告诉记者。

上百万个精细零部件，几乎覆盖所有工业门类的高端制造——大型客机被称为"工业皇冠上的明珠"。要摘取明珠，C919大型客机的研制之路注定一路荆棘。

C919大型客机于2006年列入国家十六个重大科技专项，2008年7月启动，2015年11月2日首架飞机总装下线。这是一项将载入中国和世界民航史册的巨大成就。这不仅需要技术非凡、才智过人，更需要旁人没有的勇气、毅力和不达目的誓不罢休的劲头。

民机产业有个形象的说法：航电系统是"大脑"，飞控系统是"四肢"，EWIS系统是"经络"。就像人一样，一架先进的飞机应该拥有聪敏的大脑、灵活的四肢、通畅的经络。在没有经验可以借鉴的情况下，商飞公司先后攻克了综合航电、飞控控制律等87项关键技术难关，填补了多项国内空白。

举全国之力 聚全球之智

C919大型客机是建设创新型国家的标志性工程，具有完全自主知识产权。如果将C919大型客机的研制比作一场战役，那么总体气动设计就是这场战役中必须先行的粮草。

早在2008年，C919大型客机立项之初，总体气动设计工作就已悄然拉开。一支由十几家单位、500多人组成的全国联合工作团队打响了C919大型客机攻坚战的"第一枪"。来自清华大学、上海交大、西北工大、中国航天等高校和科研院所的气动专家们济济一堂，热烈讨论 C919 大型客机的气动设计思路和设计方法。

"举全国之力"的联合工作团队此时发挥了巨大作用。包括长江学者、西北工大博导高正红，长江学者、清华大学博导符松等在内的一批气动专家组成强大的"智囊团"，为 C919 大型客机气动设计献计献策。

针对先进的气动布局、结构材料和机载系统，研制人员共规划了102项关键技术攻关，包括飞机发动机一体化设计、电传飞控系统控制律设计、主动控制技术等。C919 大型客机研制实现了数字化设计、试验、制造和管理，数百万零部件和机载系统研制流程高度并行，由全球优势企业协同制造生产。

国家创新平台 带动中国制造前行

11月2日，当人们的目光都聚焦在上海浦东的 C919 首架飞机总装下线时，在哈飞铆接车间 C919 工段，工段长孙宏琪却将目光盯紧在型架旁边的几台立式电脑终端机上。在他们手中，是已初见雏形的 C919 第二架飞机大部件。

作为 C919 大型客机机体结构主要制造商之一，中航工业哈飞主要承担机身复合材料部件的制造，包括主起落架舱门工作包、前起落架舱门工作包、翼身整流罩工作包和垂直尾翼工作包4个大部件。

C919 大客项目采用了多项先进制造技术，并完全按照美国 FAA 适航要求及全机 MBD 制造技术进行设计和制造。这使得参与大飞机制造的哈飞也收获颇丰。通过参与国产大飞机的制造，哈飞按照C919项目商业化运作模式，全面提升了工业信息化、集成化、数字化制造水平。

据统计，国内有22个省份、36所高校、200多家企业、数十万产业人员参与了C919大型客机的研制。C919大型客机项目为参与者提供了突破提升的平台。在择优选择16家跨国公司作为大型客机机载系统供应商的同时，推动国际供应商与国内企业开展合作，组建了航电、飞控、电源、燃油和起落架等机载系统的16家合资企业，通过技术转移、扩散、溢出，提升我国民机产业研发与制造的整体水平，提升国内民机产业配套升级。

"大型客机研制是非常复杂的平台，几乎涉及所有的工业门类，通过这个平台的拉动，更有利于建设创新型国家。这也是国家决定研制大飞机的重大战略意义所在。"郭博智说。

大飞机简介

"COMAC919"大型客机代号简称"C919"，"COMAC"为中国商用飞机有限责任公司英文名称简写，简称中的"C"既是COMAC的第一个字母，也是中国的英文名称CHINA的第一个字母，体现了大型客机是国家意志，人民的期望。C919大型客机是我国拥有自主知识产权的中短程商用干线飞机。"主制造商—供应商"发展模式并不代表简单的系统供应集成，自主研发包含研制总要求设定、主要技术指标设计、飞机总体方案、制造总装、供应商管理、试验试飞、适航审定、客户服务等诸多方面的综合性工作，代表了我国拥有C919的自主知识产权。

大事记

2006年

2月9日，国务院发布《国家中长期科学和技术发展规划纲要（2006—2020年）》。大型飞机重大专项被确定为16个重大科技专项之一。

2007年

2月26日，国务院通过了《大型飞机方案论证报告》，大型飞机研制重大科技专项正式立项。

2008年

5月11日，中国商飞公司成立。

2009年

1月6日，中国商飞公司正式发布大型客机机型代号"COMAC919"，简称"C919"。

12月16日，C919大型客机基本总体技术方案通过工业和信息化部组织的专家评审。

2010年

12月24日，中国民用航空局正式受理C919大型客机型号合格证申请。

2011年

12月9日，C919大型客机项目通过国家级初步设计评审，转入详细设计阶段。

12月19日，C919大型客机机体制造全面铺开。

2012年

7月31日，《C919飞机专项合格审定计划（PSCP）》在上海签署。

2013年

12月30日，C919项目系统验证工作正式启动。

2014年

9月19日，C919大型客机首架机开始结构总装。

2015年

3月6日，工信部在北京召开C919飞机转入全面试制阶段审查会议。C919大型客机项目由详细设计阶段转入全面试制阶段。

11月2日，C919飞机首架机在浦东基地总装下线。

"华龙一号"：
中国制造的"国家名片"

——专访中核集团总经理钱智民

袁于飞[1]

今年5月7日，"华龙一号"首堆在福建福清开工。仅半年后，"华龙一号"就落地海外，先后被英国和阿根廷市场接受，成功引领中国核电跻身世界核电第一阵营。"华龙一号"成为中国高端制造业走向世界的一张"国家名片"。

那么，在国家"一带一路"的战略大背景下，"华龙一号"有哪些技术优势？如何加快中国核电装备走出去、推进国际产能合作？就此，记者专访了中核集团总经理钱智民。

记者：请介绍一下"华龙一号"的技术优势和最新建设进展。

钱智民："华龙一号"示范工程今年5月开工，标志着我国已形成具有完整自主知识产权的三代核电品牌。作为中国首个自主研发的三代压水堆核电技术品牌，"华龙一号"技术是相当过硬的，截至目前，共获得743件专利和104项软件著作权，

1　袁于飞为光明日报记者。

其核岛厂房可以抵御商用大飞机的撞击，也可抵御日本福岛核事故中的地震震级。

目前，国内"华龙一号"工程建设情况良好、受控。福清核电6号机组是第二台"华龙一号"机组，已于今年8月27日完成基坑验槽核安全检查，施工准备已就绪，计划于今年年底前开工建设。

记者：安全是核电发展的"生命线"。"华龙一号"达到了怎样的安全标准？

钱智民：国际上对核电的安全标准有具体的衡量指标，比如说最重要的一个指标是堆浸熔化概率和大规模放射性释放概率，这个概率越低越好。去年，国际原子能机构对"华龙一号"通过了安全评审鉴定："华龙一号的安全水平跟现在国际上先进的三代压水堆相当，某些方面甚至还略好一些。"

记者："一带一路"战略中，国际核能合作有多大潜力？

钱智民："一带一路"沿线的国家，尤其在一些发展中国家，对能源的需求特别是对核能的需求是巨大的。另外，核能不仅是能源，还代表一个国家的工业化综合国力。所以"一带一路"的很多沿线国家都希望能够发展核能，这就给正处于核电发展上升期的中国提供了一个很好的发展机遇。

记者："华龙一号"现在"造船出海"了，已在英国和阿根廷落地。出口一台核电机组能给我国带来多少经济效益？

钱智民："华龙一号"已经全面实现国产化，可有效带动产业集群转型升级，对加快中国装备走出去和推进国际产能合作具有重要意义。从目前我们在国际上已经出口的核电机组来看，每一台核电机组直接带动的产值大概为300亿元人民币，相当于30万辆汽车的出口价值。另外，它还可以创造更多的就业机会，对下一步我国整个经济社会发展也非常有意义。

记者："华龙一号"走出去取得哪些进展？

钱智民："华龙一号"示范堆在国内开工，我认为这意味着中国的压水堆核电水平已经进入国际最高、最先进的阵营了，这为中国核电的出口和对外核能合作都提供了非常好的机会。

实际上，以"华龙一号"为代表的中国核电"走出去"战略，已取得丰硕成果。目前中核已累计出口6台核电机组、5座微型反应堆、两个核研究设施及1座研究堆，为我国广泛开展核产业国际合作和助力"一带一路"战略实施做出了重要贡献。

记者：继英国、阿根廷项目之后，我国的核电技术在"走出去"方面，还会有哪些新举措？

钱智民：中国、法国、英国联合在英国建设核电站这件事，本身就标志着我国的核电发展水平或技术能力已经进入国际第一阵营。现在除了和英国这样的传统核强国和传统发达国家合作外，我们也在谋求与世界其他国家及地区在核电技术方面的合作，比如在拉美地区、中东地区以及亚洲地区等。

大事记

1997年

中核集团核动力院开始开发 ACP1000（1000兆瓦先进中国压水堆），这是"华龙一号"诞生的源头。ACP1000包含的"177堆芯""单堆布置""双层安全壳"等技术，是"华龙一号"采用的最核心技术的基础。

2005年

自2005年以来，中国广核集团在法国引进的百万千瓦级堆型——M310型的基础上，通过多项技术改进，从 CPR1000发展到 CPR1000+ 技术，再到最终的 ACPR1000+ 技术。

2009年

中核集团完成 CP1000示范工程福清5、6号初步设计。

2010年

1月，中核集团在 CP1000的基础上启动 ACP1000重点科研专项研发。

2014年

12月，中国自主三代核电技术 ACP1000在维也纳接受并通过了国际原子能机构反应堆通用设计审查，意味着中国核电开启了"造船出海"的新时代。

2015年

11月，中核集团与阿根廷核电公司正式签署了阿根廷重水堆核电站商务合同及压水堆核电站框架合同，标志着中核集团与阿根廷核电公司将合作建设阿根廷第四、第五座核电站，"华龙一号"核电技术有望落地阿根廷。

链 接

"华龙一号"是由中国核工业集团公司和中国广核集团在我国30余年核电科研、设计、制造、建设和运行经验的基础上，研发的先进百万千瓦级压水堆核电技术。一直以来，中国核电安全性能世界领先，迄今为止从未发生过2级及以上的核事故，这也为中国核电成为中国制造出海的一张名片提供了技术保障。

中国中车：从追赶者到引领者

钟超　张勇[1]

从老旧的绿皮火车，到"和谐号"动车组；从平均时速100公里的普速列车，到实验运营时速达到486.1公里的CRH380AL高铁列车；从遭遇高铁技术发达国家的垄断封锁，到敢于同台竞技并用实力赢得市场，中国高铁在短短十余年间的发展气势如虹。

雄关漫道真如铁，而今迈步从头越。继承中国北车股份有限公司、中国南车股份有限公司全部业务和资产的中国中车，让中国高铁从追赶者变成了引领者，打造了一张名副其实的"国家名片"。

大智慧谋取跨越式发展

12月11日，"中国高速铁路展"在马来西亚首都吉隆坡隆重举行。中国中车的高铁列车亮相展览，彰显了我国高端装备制造业的实力，极大提升了我国民族工业的自豪感和自信心。

高速铁路是当今时代高新技术的集成和交通现代化的标

1　钟超为光明日报记者，张勇为光明日报通讯员。

志。在21世纪初中国高铁刚刚起步时，德国西门子、加拿大庞巴迪、法国阿尔斯通与日本的川崎重工等高铁制造企业基本垄断了世界上最先进的高铁技术。

如何实现高铁技术的弯道超车呢？以市场换技术，中国中车探索了一套"技术引进＋消化吸收＋自主创新"的模式。中国幅员辽阔，人口众多，拥有发展高铁最理想的市场条件，这个令国外高铁企业垂涎的巨大市场，是中国高铁发展的独特资源和谈判筹码。

2004年，中国中车旗下的青岛四方机车车辆股份有限公司、长春客车股份有限公司等子公司在当时铁道部的统一部署下，与几家国际高铁巨头展开了斗智斗勇的纵横角逐。在与国外技术成熟企业的合作中，中国中车迅速提升了高铁列车研发制造的核心技术，更重要的是，本土化的高端技术人才在合作中得到深入锻炼，这大大提高了我国高铁全产业链的科研攻关能力。

如今，中国高铁列车已经系统完成了从技术引进到自主创新的转变。以目前奔驰在京沪高铁上的 CRH380A 为例，它成功实现了头型、轻量化车体、转向架、减振降噪、系统集成等关键技术的自主创新。

"CRH380A 由中国中车青岛四方机车车辆股份有限公司自主研发，有50多家企业、330多个科研院所参与，近60名院士、500多名教授、近万名科研企业研发人员贡献智慧，最高运行速度能达到380公里／小时。"中国中车青岛四方机车车辆股份有限公司总工程师梁建英说。

截至2015年年底，中国累计投入使用的高速铁路将突破1.9万公里，成为世界上高速铁路系统技术最全、在建规模最大、运营里程最长、拥有动车组列车最多的国家。

大视野布局国际化运营

在欧洲、马来西亚、新西兰、印度……中国中车的高铁列车随着国家"一带一路"战略漂洋过海，飞驰在世界各地的轨道上。

据统计，2011—2014年，中国中车的海外签约金额分别为19.25亿美元、35.88亿美元、39.6亿美元、67.47亿美元，产品出口国别达101个，涵盖六大洲11个市场区域。

在世界各国争相建设高铁的格局下，中国中车积极与铁路总公司合力推动"高铁出海"，加快高铁列车产品、服务、技术、资本的全产业链输出。特别是在"一带一路"战略影响所及的国家和地区，高铁列车作为现代交通物流业的标志，极大地提高了区域内交通基础设施的发展水平，促进了沿线国家的经贸往来和人文交流。

南非目前是中国中车最大的出口市场，在南非行政首都比勒陀利亚，中国中车建立了电力机车、内燃机车及相关核心配套部件的本土化制造基地，为南非培养了150多名本土化机车制造工人，还为当地建立了先进的轨道交通装备产业园，创造了就业和税收。此外，中车还在南非开展捐助孤儿等社会公益活动，赢得了南非人民的尊重。

随着国内高端装备制造业转型升级的步伐加快，中国中车的高铁列车越来越具有创新驱动发展的标杆意义。在这张"国家名片"的示范下，越来越多具有核心科技和自主知识产权的中国企业走出国门，形成参与国际竞争的中国高端工业产品品牌"国家队"，在世界舞台上展示出了亮丽的"中国风"。

大事记

2004年

1月7日，国务院常务会议讨论并原则通过了《中长期铁路网规划》，提出"四纵四横"的中国高速铁路骨干网络规划。

2007年

4月18日，中国铁路第六次大提速，140对"和谐号"CRH高速列车投入使用。

2008年

8月1日，中国第一条时速350公里的高速铁路京津城际正式开通运营。

2010年

12月3日，第二代中国高速列车CRH380AL在京沪高铁先导段创造了486.1公里的世界高铁最高实验运营纪录。

2011年

6月30日，京沪高铁正式通车运营，北京至上海缩短至约五小时。

2012年

12月26日，京广高铁全线贯通，成为世界上运营里程最长的高速铁路。

2015年

6月1日，中国南车与中国北车合并成立中国中车股份有限公司。

6月30日，中国标准动车组（CEMU）正式下线。

链　接

中国中车股份有限公司是2015年经国务院同意，国务院国资委批准，由中国北车股份有限公司、中国南车股份有限公司按照对等原则合并组建的A+H股上市公司。现有46家全资及控股子公司，员工17万余人，总部设在北京，是全球规模最大、品种最全、技术领先的轨道交通装备供应商。

中国一汽：风火飞轮腾九州

鲍盛华 贾楠[1]

很多外地人来吉林长春，都很想到一汽的厂区转转，感受一下一汽的车轮腾飞九州的奥秘。而一些长春人到外地，则会习惯性地看看周围有没有一汽的车，看到了，就觉得有了点儿故乡的气息。"品牌的最高境界就是一种文化。"一汽党委宣传部部长黄勇说。

作为制造业品牌的代表，中国一汽自建厂至今，累计产销各类汽车2700余万辆，建立了东北、华北、西南、东南四大生产基地，形成了中重型卡车、轿车、轻微型车、客车等多品种、宽系列发展的产品格局，拥有解放、红旗、奔腾等自主品牌和一汽大众、一汽丰田等合资合作品牌。

自强不息的精神引擎

1953年7月15日，第一汽车制造厂在长春破土动工，新中国汽车工业从这里起步。产品从无到有、从老到新、从少到多，一汽的历史就是一部创新的历史。"自强不息"是这部历史的最

---

1 鲍盛华为光明日报记者，贾楠为光明日报通讯员。

恰当注释。

第一次创业，一汽人发扬"艰苦创业、刻苦学习"的精神，在荒原上创造了三年建厂并投产的奇迹，结束了中国不能制造汽车的历史。

第二次创业，一汽人弘扬"愚公移山、务求必胜"的精神，在不停产、不减产的前提下，闯出一条产品换型和工厂改造的新路，甩掉了"解放"卡车"三十年一贯制"的帽子。

第三次创业，一汽人传承"学习、创新、抗争、自强"的企业精神，成功实现上轻型车、上轿车，结束了我国汽车产业"缺重少轻，轿车几乎空白"的历史。

目前，一汽正处于第四次创业时期，目标就是要做强做优一汽自主事业，为实现我国汽车强国梦做出新贡献。

自我完善的智慧引擎

2008年11月，一汽确立了"中国一汽"品牌战略与架构，明确了"中国一汽乘用车""中国一汽商用车""红旗"三大品牌，并以"品质、技术、创新"为核心内涵，以产品竞争力、服务竞争力为两大核心要素，以研发、产品、制造、营销、管理五大体系为共同支撑。

产品是竞争的核心，提高竞争力的关键是智慧。按照品牌战略规划，一汽确定了"平台化、体系化、规模化"的产品开发思路。轿车搭建了 L 豪华车、H 高档车、M 中高级车、S 小型车4大平台；中重型卡车加快牵引、自卸和载货等产品的平台整合；微型车搭建佳宝、森雅两个平台，推进微车总成自主化。丰富和完善全系列产品线，形成了"生产一代、准备一代、开发一代"的产品发展格局。

目前，已经初步完成乘用车及红旗两大品牌的产品组合规划，推出了奔腾、欧朗、夏利、骏派、威志、森雅系列乘用车产品和红旗系列高级轿车产品。

品牌建设离不开服务。在提升服务竞争力上，一汽实施了"TQC全品质关爱"服务品牌战略。"T"代表全方位，就是全时、全网、全程；"Q"代表标准化、专业化的高品质服务；"C"代表体贴入微的人性化关爱。

自主独立的动力引擎

自主创新离不开技术攻关。通过不懈努力，一汽晒出了自主创新的"成绩单"：率先攻克发动机电控共轨技术难题，使我国成为继德国、美国、日本后，第四个全面自主掌握电控共轨系统的国家；实现了国内自主高端乘用车汽油发动机系列化"零"的突破；自主开发了国内首个豪华轿车电子电气架构及网络平台，实现对内部多系统的全方位电子控制……目前，在核心技术开发上，一汽已经实现了21项技术专题和229项重大技术突破，拥有专利1869项。

2011年，一汽开始实施低碳节能"蓝途"战略，在传统动力节能低碳技术上，一汽从"高效动力、减轻自重、降低阻力、智能控制"四个方面，打造传统节油技术优势。以降油耗为例，一汽自主开发的直喷增压发动机将取代现有的气道喷油发动机，配合双离合变速器，使乘用车油耗平均降低15%以上。目前，一汽自主研发的4GC新一代增压直喷汽油机已经进入产业化。在推进新能源汽车战略上，加速混合动力、纯电动汽车的开发与生产，通过开展示范运行和用户使用性试验，拉动产品技术和制造技术逐步成熟。

今年4月，一汽在上海车展正式发布"挚途"技术战略，成为国内首家以实车展示互联智能汽车技术的汽车企业，人们有机会"零距离"体验具有"手机叫车、自动泊车、拥堵跟车、编队行驶"等智能化功能的红旗H7互联智能汽车。

一汽人认为，过去，我们的自主汽车更多是在赶超国外品牌。如今，伴随"互联网+"时代的到来，我们有机会、有能力与国外技术水平同步，甚至在某些技术上成为引领者。

大事记

1.1956年7月15日第一辆国产解放牌汽车诞生。

2. 从1956年开工生产到1978年末，汽车品种从一个基本型增加到三个。在生产能力上，从年产3万辆设计能力提高到6万辆的水平。

3. 自1980年末到1983年7月，完成了解放第二代产品CAl41汽车的设计、试制、实验和定型。从1983年7月开始生产准备，到1987年1月转产。

4. 从1988年到2001年末，通过建设一汽轿车、一汽—大众两个现代化轿车生产基地，以及兼并、重组、改造轻型车生产企业，产品结构调整取得重大突破，中、重、轻、轿并举的局面已经形成。

5.2002年，一汽先与天津汽车工业集团实行强强联合，后与日本丰田汽车公司牵手，进而投资"川旅"、导入马自达，演绎了一汽品牌扩张的精彩篇章。

6.2004年产销突破100万辆，成为中国第一个百万辆级的汽车企业。

链 接

中国第一汽车集团公司简称"中国一汽"或"一汽"，是国有特大型汽车生产企业，总部位于吉林省长春市，前身为第一汽车制造厂。一汽1953年奠基兴建，1956年建成并投产，制造出新中国第一辆解放牌卡车。1958年制造出新中国第一辆东风牌小轿车和第一辆红旗牌高级轿车。一汽的建成，开创了中国汽车工业新的历史。

美的：借"双智"东风华丽转身

吴春燕[1]

受"互联网+"浪潮的冲击，当下，所有中国家电企业的商业模式几近失效。身处时代洪流，美的集团董事长方洪波表示，未来，美的要从传统家电企业逐渐向拥有互联网思维的智能硬件公司转型，以确立美的智慧家居+智能制造的"双智"战略。

产品转型——以用户为中心

在过去，美的习惯使用"野蛮生长"模式来发展，各项业务的成长路径基本都是先做大规模，然后依靠对产业链的垂直整合来降低成本。方洪波意识到，不仅是美的，我国的家电行业普遍过分依赖规模增长，这样的模式将受到挑战，必须寻找新的商业模式来适应新的市场环境。

据介绍，美的现在每年有60亿至80亿元的固定资产投入，全部投在技术和产品上，足见美的"技术领先"的决心。

"不管是万物互联，还是智慧社区、智慧城市、智慧家居，

---

1 吴春燕为光明日报记者。

只是叫法不一样而已，前提是必须配置智能硬件，而且所有硬件都要连起来。"方洪波预计，白色家电未来也终会向智能硬件发展，"这就要求我们必须根据用户需求去做大规模的定制，设计以用户价值、用户体验为中心的体系。未来美的所有人的薪酬体系激励，都是以用户价值和用户体验这个指标来考量，而非销量。一切围绕用户，用户就是营销，用户就是最好的广告。"

今年8月，美的与安川电机合作，正式进军机器人产业。方洪波表示，"在移动互联的新时代，人工智能、智能硬件、智能制造是美的必须做出的战略选择"。

随着与安川的合作，美的将正式开启"智慧家居＋智能制造"的"双智"战略。根据美的提出的整体战略和行动规划，美的集团在智能家居领域将实施"1+1+1"战略（即一个智慧管家系统＋一个M-Smart互动社区＋一个M-BOX管理中心），依托物联网、云计算等技术，由传统家电制造商转变为智慧家居创造商。与此同时，依托多产品品类及完整产业链的领先优势，布局机器人产业。

记者了解到，美的自去年3月正式发布智慧家居战略以来，目前已实现单品牌内多类家电产品的互通互联。另据规划，到2018年，智慧家居产品销售将占美的整体销售的50%以上。

制造方式转型——机器人来帮忙

可以预判的是，美的集团"双智"战略，提前布局在服务机器人、工业机器人上，将构建美的新的产业优势，也将有助于迎接90后、00后及老龄人群的消费需求。此外，美的内部工业机器人需求量逐年加大，已成刚需。最近3年，美的各类工厂内，目前正在使用的工业机器人有800多台，累计投入自动化改造的费用达6亿元。

"开展自动化改造，本身也是美的启动从追逐规模到追逐效益的转型需要。"美的家用空调事业部负责制造的副总裁乌守保表示，"空调事业部依旧会成为主要的试点，未来五年对于空调事业部的自动化改造费用，预计将在50亿元左右。"

对于自动化改造的重点，乌守保说，像搬压缩机这种劳动强度很大的工作，现在用机器人来搬。此外，有一些高危的工种，例如冲压、空调面板喷粉等，采用机器人后就能保障员工的安全。美的目前的自动化改造多是从人性化的角度来实现产业升级。

在美的中央空调合肥工厂，钢板脱脂清洗、钢板自动化卷圆、自动化焊接等工序均由机器人完成。目前，美的中央空调已实现工厂的自动化生产，生产线人数下降50%，自动化生产使得工厂生产效率提升70%，产品合格率达99.9%。

组织架构转型——去中心化、去权威化

美的是一个民营企业，最早是一个家族企业。现在，家族完全退出了美的的运营，这个资产超过千亿元的家电巨头，正式全面迈入了职业经理人掌控的时代，开中国现代企业传

承的先河。

美的集团的创始人何享健早几年就已经着手规划实施职业经理人股权激励制度，此举也为之后美的易帅做好了铺垫。方洪波介绍说："2007年，美的集团拿出16个点的股权转让给管理层，第二批是3个点，这些都是在上市前。2014年年初，美的又发起了2个点的期权，加上今年的2个点，发给1431位核心骨干，这正体现了美的的合伙人文化。"

今年6月初，美的就开始了以去中心化、去权威化、去科层化为核心思想的内部组织改造。"现在从一般员工到董事长中间只有四个层级，也就是说他只要提升四次就到我这个位置了。"方洪波笑着说。

"过去三年我们在平等化上做了很多工作。未来很多的层级可能都没有了，平台上有一个头儿，其他的人只有工资的差异，没有级别的差异。"方洪波说，"这是一个关于'互联网+'的改造。"

在美的的公司文化中，开放是放在首位的，跟小米、阿里、京东等都能够合作，年初还与腾讯合作了微信空调。美的就是把自己当成一个模块，尽可能嵌入到外部不同的平台之上。所以，方洪波说："在美的，唯一不变的就是变。"

大事记

1968年

美的创业。

1981年

注册美的品牌。

2010年

美的销售收入突破1000亿元。

2013年

美的集团换股吸收合并美的电器，在深交所挂牌整体上市。

2014年12月

与小米科技签署战略合作协议，小米12.7亿元入股美的集团。

2015年前三季度

美的集团实现营业总收入1120亿元，同比增长2.2%。

链　接

2014年"中国最有价值品牌"评价中，美的品牌价值达683.15亿元，名列全国最有价值品牌第5位。2015年《财富》中国500强榜单，美的集团位居家电行业第一，2015年福布斯全球企业榜中，美的集团进入世界500强。

神州数码："互联网＋"战略的"急先锋"

杨君[1]

在日前举行的第二届世界互联网大会上，神州数码在中关村打造的创新创业服务平台延伸到了乌镇。神州数码等10家首批入驻企业为乌镇互联网创新创业服务平台揭牌，该中心将引进、筛选专业服务机构和政府管理服务部门，为创新创业提供一站式公共服务，推动乌镇形成互联网创新集聚优势。

凭借在云计算、大数据等领域的技术积累，神州数码积极布局"互联网＋农业""互联网＋制造"等高增长业务，成为落实"互联网＋"战略的"急先锋"。

"二次创业"，布局智慧城市战略

12月18日，神州数码建设运营的首都城市综合信息服务平台"新北京网"首发上线。老百姓可以通过上网或下载"北京服务您"手机 APP 享受100项融合政务服务、1000项基础政务服务。

1　杨君为光明日报记者。

不仅是北京，神州数码还在70多个城市开展智慧城市相关项目实施，与3个省及直辖市、40余个城市签署了智慧城市战略合作协议，覆盖常住人口超过7000万。今年7月，神州数码与英国曼彻斯特签署智慧城市战略合作，成为中国智慧城市联合实验室的首个落地项目。

神州数码董事局主席郭为对记者说，从2010年布局智慧城市战略以来，神州数码聚焦智慧城市服务和运营业务，已发展成中国智慧城市建设第一品牌。然而，在起步阶段，这一战略选择却备受质疑。郭为回忆说，当时他走访了近百个城市，"嘴皮子都磨破了"，却难以得到当地政府的支持，再加上缺乏成熟的商业模式，可谓步履维艰。

2014年《关于促进智慧城市健康发展的指导意见》等多项指导政策的出台，为推广智慧城市战略带来机遇。乘着政策的东风，神州数码早年的技术积累逐渐起效，仅去年一年就完成了在13个城市的落地。

对神州数码而言，向智慧城市运营商转型被称为"二次创业"，从一家传统 IT 企业开始转型为互联网公司。说起这次转型，郭为坦言，确实是"为形势所迫"，互联网的诞生、发展和应用，使得产业形态随之发生改变，必须用互联网的思维和平台做城市服务。

搭建平台，助力"双创"发展

今年10月，神州数码承建的首个全面支撑京津冀创新发展的"京津冀科技创新公共服务平台"上线，三地企业可在该平台上享受金融、人才、法律等一站式服务。全国"双创"周期间，神州数码运营的中关村创新创业服务平台上线，该平台融合了208个服务机构的1200多项服务，成为国内首个全要素创新创业融合云服务平台。

在神州数码打造的智慧城市业态中，创新创业服务平台等"企业服务＋互联网"业态是难以忽略的一个亮点。凭借多元化的服务，这些平台正成为助力"双创"的重要支撑。

自转型做智慧城市以来，神州数码一直致力于搭建平台，组建创客群，通过创新联盟、孵化器、产业投资基金等方式，鼓励更多创业者到神州数码的平台上创业。郭为表示，要让成千上万的小企业到这个平台上来，我们会支持这些企业，他们的成功就是我们的成功。

除了搭建平台，神州数码还积极牵手一大批创新能力强、发展速度快的科技型中小企业，为这些科技"小巨人"拓宽发展道路。今年以来，神州数码投资北京东方村村乐科技有限公司、神州买卖提电子商务有限公司等多个农业信息化科技企业。

对于收购的中小企业，神州数码向其提供资金、技术、管理等多方面支持，助力这些"小巨人"发展壮大。在获得神州数码投资支持后，村村乐估值上升为2亿元，买卖提的业务也得到了快速增长。随着这些科技型中小企业的壮大，神州数码在"互联网＋农业"上的战略布局也趋于完善，实现了双赢。

多点布局，拓展"互联网＋"业务

神州数码与沈阳机床集团今年合资成立智能云科公司，双方在个性化云制造、平台延伸业务等领域开展核心业务，打造社会化协同的一站式云制造服务平台。该平台将生产能力、设计能力与市场需求结合在一起，聚集社会化生产资源实现智能制造。

郭为表示，神州数码的"互联网＋制造"战略将促进信息化与工业化深度融合，提升中国制造水平，抓住战略机遇向智能制造转型，全面发力"互联网＋"业务。

如今的神州数码正多点落子、全面布局，不断拓展互联网业务版图。在"互联网＋农业"方面，神州数码将建立农业大数据平台，打造基于互联网的农业生态链体系；在互联网金融领域，神州数码推出"互联网＋全能银行"解决方案，帮助银行进行大数据分析及跨界融合。

围绕着互联网整体战略，神州数码设定了一系列明年要达成的目标：在工业制造领域，完成3000台工业机床的互联网连接；在互联网农业方面，建立超过100万新农人的社区；另外，完成京津冀1亿人口都市圈的产权交易平台建设。

"目前互联网产业的繁荣，还集中在较为浅层的应用，以信息沟通和个人消费服务为主。"郭为表示，未来传统产业将实现深度互联网化，如何把数据的价值在互联网时代发挥到极致，有着巨大的发展空间。

大事记

2000年

神州数码由原联想集团分拆而生，并于2001年6月在香港联交所成功上市。

2004年

神州数码将旗下业务划分为供应链管理、增值服务、IT服务三大板块，加快IT服务战略实施。

2008年

神州数码整合软件及服务业务，成立神州数码信息技术服务有限公司，推进了软件技术创新和IT服务发展。

2010年

神州数码发布智慧城市战略。

2012年

神州数码在福州推出国内首个市民融合服务平台，该平台融合城市管理、公共服务和商业服务。

2013年

神州数码城市公共信息服务平台2.0发布，这是神州数码自主研发的中国第一个智慧城市核心支撑系统。

2014年

神州数码城市公共信息服务平台3.0"一中心三平台"完整架构首次亮相，着力打造全国互联网的开放性信息平台。

2015年

神州数码发布"互联网＋农业"战略，旗下各个农业互联网公司首度集中亮相。

链 接

神州数码是中国最大的整合 IT 服务商，构建起完整的 IT 服务价值链，服务涉及 IT 基础设施系统集成、解决方案设计与实施等领域，连续4年入选《福布斯》"亚太地区最佳大型上市公司50强"，连续5年入选《财富（中文版）》中国企业500强。凭借在"互联网＋"及智慧城市领域的突出贡献，神州数码荣获"2015中国信息产业年度影响力企业"奖。

兵工集团：
创新成为发展的"倍增器"

邱玥[1]

在9月3日举行的纪念抗战胜利70周年阅兵式上，有一个规模庞大的装备方队格外引人注目：由中国兵器工业集团研制的10种总装装备、3种底盘装备集体亮相——不仅数量规模居受阅军工集团之首，技术水平也位列国际同类装备前沿。

这些高新装备是我国军品研制自主创新和信息化建设的一个缩影。从世界最大规格的DL250型数控超重型卧式镗车床，到中国第一辆200吨级以上电动轮矿用自卸车，再到只有眼镜大小的OLED微型显示器实现产业化……十多年来，兵工集团立足自主创新，在重大科技专项和核心关键技术持续攻关，取得了一批国内外领先的成果。

买不来的技术能力

在中国兵器工业集团，流传着这样一句话："技术是可以买来的，而技术能力是买不来的，只能在技术创新的实践中不

1　邱玥为光明日报记者。

断积累。"秉承着这样的理念，2011年至今，兵工集团新增授权专利6000多项，授权专利保持年均38%增速，有效专利由2010年年底的1600多个增长到2015年年底的7000多个，获得国家科技进步奖12项、国防科技进步奖279项。

重型挤压制造伴随着金属成形、加工、安装、运输能力的极限状态，是一个国家制造能力的标志。此前，我国长期以来缺乏重型挤压机，急需的超临界火电、核电、航空航天、船舶、海洋工程、石化等关键材料一直无法生产。

为了打破国际技术垄断，集团下属子公司——内蒙古北方重工业集团有限公司与清华大学等开展产学研合作，联合国内多家专业单位，开展了相关研究。3.6万吨挤压机组包括1台3.6万吨垂直挤压机和1台1.5万吨穿孔制坯液压机，均是世界同类设备中吨位最大的。在国内缺少技术经验的情况下，项目团队克服重重阻碍，攻关6年，突破同类产品及结构的设计、制造极限。

随着3.6万吨黑色金属垂直挤压机组研制成功，世界上最大的挤压机从此"中国造"。此后，国外相关装备和技术对我国不再封锁，并且跌价出售。该研究成果为行业乃至国家每年节约上百亿元。

科学发展的"快车道"

500多家子公司被清理关闭，几十个市场竞争力弱的老产品停产……通过积极推进结构调整，2002年还陷在连续13年严重亏损泥淖中的兵工集团驶上了科学发展的"快车道"。

积极做加法，培育新的增长点。今年8月，兵工集团凭借承担北斗地基增强系统建设任务的契机，与阿里巴巴集团共同出资20亿元成立混合所有制企业——"千寻"位置网络有限公司，构建国家级北斗增值运营服务平台，向北斗导航应用等新兴战略产业转型。

主动做减法，扭亏止损。兵工集团通过"关、停、并、转、送、换"多种方式坚决退出不良资产和业务板块，2011年以来清理了500多个低效无效、长期亏损、不属于国家产业政策支持发展的子企业和长期股权投资项目。

全力做乘法，发挥创新的"倍增器"作用。兵工集团重点推进体制机制创新、技术创新、商业模式创新，在铁路产品、市政管道、民爆服务、环保产品等领域不断培育出新的经济增长点。

"受尊重"的创新队伍

作为我国武器装备和国防科技领域的重要军工集团，自主创新已经融入每一个兵工人的血脉和基因。

"中国兵器工业集团作为共和国军事工业的'长子'，从诞生那天起，就必须自力更生、自主创新，尤其是在关系国家安全的战略基础和关键领域，兵工人义不容辞。"在中国兵器工业集团董事长、党组书记尹家绪看来，最重要的是培养和造就一支"有抱负、负责任、受尊重"的创新队伍。

引才的关键在于"引心"，用才的关键在于"惜才"。兵工集团建立了台阶式发展平台，给每一位员工营造成长的平台，使员工尽情发挥聪明才智；完善激励约束机制，激发创新人才的工作热情，吸引、集聚了一大批急需和紧缺战略人才。

尹家绪对人才还有着更高的期许。"我常思索，为什么生产出来的一些产品还不够精细，质量怎么提升。"尹家绪说，假如每个员工都能精心完成精益制造的每一环，中国制造将再上新台阶。

大事记

2008年

由兵工集团公司研制、生产、安装的奥运会主火炬点传火装置成功点燃北京奥运会开幕式主火炬。

2009年

兵工集团公司研制生产的14个整机、3个底盘共333台装备参加了新中国成立60周年国庆阅兵。

2011年

兵工集团公司成为首家营业收入迈上3000亿元台阶的军工集团。

2012年

兵工集团公司研制生产的四台多品种国产重大装备与极限制造新产品交付使用。

2015年

兵工集团东北工业集团公司收购全球排名第一的德尔福汽车天线接收系统业务。

链 接

中国兵器工业集团是我国武器装备和国防科技领域的重要军工集团。除了军品外，该集团在重型装备、精细化工、光电信息等领域皆屡有建树。凭借为国民经济现代化建设做出的积极贡献，兵工集团连续5年入选《财富》世界500强企业，成为首个迈上3000亿元台阶的军工集团。

万向集团：
引领潮流的"常青树"

佟立　严红枫[1]

寒冷的冬天，在浙江省杭州市萧山区经济技术开发区的万向集团总部，传出了一个"热"新闻：美国当地时间11月12日，万向集团旗下的Karma汽车公司宣布与宝马公司合作，未来将推出一系列高品质、拥有前沿技术的混合动力和纯电动豪华汽车。

"这只是万向发展新能源规划中的一步。从16年前开始布局清洁能源起，万向就发展高效益、绿色的新能源产业。我们志在创建起一座创新聚能城。"70岁的万向集团董事局主席鲁冠球说，"摆脱化石能源依赖，走清洁发展道路，是国家能源发展的方向，也是万向不懈的追求。"

鲁冠球，作为20世纪80年代浙江乡镇企业的风云人物，也一直是时代大潮中的标杆。他1985年被《半月谈》杂志评为全国十大新闻人物；1987年、1992年分别当选中共十三大、十四大代表，1998年到2013年，连续三届当选全国人大代表；1991

1　佟立为光明日报通讯员，严红枫为光明日报记者。

年，这位昔日的打铁匠，登上美国《新闻周刊》。

作为中国最早的创业者之一，鲁冠球在1969年带领6位农民，在老家杭州萧山宁围镇创立了万向集团的前身——宁围公社农机厂。说是厂，其实只是个铁匠铺。

"20世纪60年代，我在钱塘江边修理自行车和农具，年年抗洪，厂子5次被冲掉，5次又再建起来，这就是我刚开始创业时的环境。"回忆起最初的情况，鲁冠球坦言，他认可丛林规则，直面创业艰难。

1979年，在商海打拼多年的鲁冠球和他的团队做出了一项重大的战略调整——集中力量专业化生产汽车万向节。

1980年，鲁冠球在经济十分拮据的情况下，坚持将价值43万元不符合标准的万向节送往废品收购站，当时震惊业界。之后，在全国万向节厂整顿检查中，他的工厂以99.4的高分居全国同行业之首，被列为全国仅有的3家万向节定点生产专业厂之一。从1980年至1989年，鲁冠球的万向节产品经济效益年均增长40%以上。

1992年，浙江万向集团公司正式挂牌成立。仅仅两年后，万向上市，成为全国第一家上市的乡镇企业。

亲眼看见属于万向的第一辆车下线是鲁冠球的夙愿。为了实现这一梦想，1994年，在外经贸部的正式批准下，万向在美国伊利诺伊州设立公司。就这样，万向成为改革开放之后首批在美国设厂的中资民营企业之一。

"在外国人的土地上，利用外国人的资源，当外国人的老板，赚外国人的钱。"走出国门的万向意识到，这是发展壮大自己的重要途径。而这也正是鲁冠球的从商之道，"我们企业家就是要把所有的资源优化配置好。谁能配置好，谁就是领军者。"

到2010年，万向在美国的28家公司销售额已经突破20亿美元，美国的每3辆汽车中，就有1辆车上有万向生产的零部件。

2012年万向完成对美国最大的新能源电池制造商A123公司的收购；2014年2月万向以1.492亿美元的价格收购菲斯科；6个月后万向从莱顿能源公司手中购买了新的电池技术。万向"走出去"的战略地图走得越来越清晰。

2014年万向的销售规模已超过200亿美元，而在美国的销售额已超过20亿美元。此时的万向不仅成为美国汽车三巨头的供应商，并收购了20余家美国企业，投资触及房地产及新能源领域。

如今，万向集团已经成为国务院120家试点企业集团和国家520家重点企业中唯一的汽车零部件企业，是中国向世界名牌进军、具有国际竞争力的16家企业之一。去年，万向集团营业收入达1186亿元，入围中国企业500强。

在万向集团，每个员工都有一册《万向文化》，其中企业精神就是两句话："讲真话，干实事。"

恒力集团：
打造机器人的世界

苏雁　王阳[1]

和绝大多数"中国制造"一样，恒力集团1994年蹒跚起步时，还只是江苏吴江盛泽镇上众多普通纺织工厂中的一个。然而经过21年的发展，恒力集团已经发展成为多元化国际型企业，拥有全球单体产能最大的PTA工厂、全球最大的超亮光丝和工业丝生产基地以及全球最大的织造企业。

"我们要做高端，立足中国，面向全球，创世界一流。"恒力集团董事长、总裁陈建华胸有成竹地规划着企业发展的同时，正着手智能制造，把恒力集团带向一个新的高度，走进"机器人的世界"。

大手笔　智能制造实现"机器换人"

在恒力（南通）纺织新材料产业园长丝生产车间里，14个机器人24小时挥舞着"双臂"，将一排排"丝饼"整齐而飞快地转动。车间工人小唐，面对机器前的显示屏，检查着每锭丝

1　苏雁为光明日报记者，王阳为光明日报通讯员。

饼的信息、状态以及最终质量是否合格。10年前，小唐从河南一所高职院校毕业后，来到了恒力的纺织车间。"刚来的时候，一天大概要摞1000多个丝饼。"小唐告诉记者，1000个丝饼总重量超过7吨。经过几年的磨合，过去摞丝饼的工作现在都交给了机器人，而小唐只要来回巡逻，检查就行。

三年前，恒力集团开始了智能工厂的改造。"机器人，不是买来就能够用的。做这一项工作，还是要通过针对行业特点进行技术研发。因为行业的不同，机器人应用存在40%到50%的差异。"恒力集团化纤研发部部长金管范告诉记者，3年来，车间里的大部分机器人都经历了再开发。

一台智能化自动包装机器人，能顶上数个工人。恒力集团近年来引进的全自动包装生产线，至少提升了60%的工作效率。"投入还是很值得的，大概三四年就可以收回成本。"陈建华透露，为了把车间"打造成机器人的世界"，恒力先后投入了6亿元，推动传统产业发展迈向高端。不惜重金打造机器人的世界，在大幅度提高了企业生产效率的同时，更显示了恒力打造百年企业的态度与决心。

大格局 转型升级"重塑角色"

1994年一人操作一台机器，每小时产布24米；如今一人可以操作50台机器，每小时产布量接近450米。20多年来，恒力集团已经从27人的江南小厂，成长为全球最大的超亮光丝和高档工业丝生产基地。这种脱胎换骨式巨变，凭借的是一股转型升级、创新发展的恒久动力。

2008年，全球金融危机迅速向实体经济蔓延，尤其是化纤行业遇到了原材料价格波动幅度大、产品市场需求萎缩等困难。面对低迷的经济环境，陈建华大胆决策："这正是采购设备更新换代的大好时机，年产20万吨工业丝项目，设备正常需要投资20亿元，而当时只需投资12.8亿元。"2010年1月，恒力化纤年产20万吨工业丝项目成功开车。由于这一项目采用世界最先进的生产工艺和设备，使恒力一举取代德国企业成为全球最大的涤纶工业丝生产企业。

陈建华认为，纺织产业早已不再是传统概念上的劳动密集型产业，不能再回到原来依托土地、环境和人口等资源的粗放式发展模式上。面对新挑战，要想盈利，只有"重塑在产业链中的角色"，在创新上下功夫，在市场上向高精尖要效益，加快转型升级。恒力集团在科研上从来不吝啬。除了进行智能工厂建设，还引进国内高级技术管理人才，并重金聘请国外研发机构的技术专家。目前，恒力5500多名技术人员，与来自德国、日本、韩国等地的100多名资深专家，共同组建了国际研发团队。如今，依托"恒力国际研发中心"和"恒力产学研基地"，恒力不仅实现了产品向中高端的攀升，更步入了差异化发展的特色之路。

"随着时代的发展，恒力只有不断重塑在产业链中的角色，才能实现更大发展。"走在传统制造业转型升级的路上，陈建华对未来满怀信心。

他山之石

德国制造：
打造精密而安全的世界

田园　柴野[1]

　　曾经四分五裂的德意志，经"铁血宰相"俾斯麦统一后走上了工业复兴的强国之路。128年来，"德国制造"发愤图强，由小变大，塑造了值得信赖的国际形象。2008年欧洲遭遇经济危机后，德国经济更是"一枝独秀"，以安全、可靠、精密、耐用而誉满全球的德国工业支撑着国家经济不断发展，并撑起整个欧洲经济复兴的希望。

　　以制造业为立国之本，以职业教育为智力支持，以国家管控为引导方针，以中小企业为中坚力量，是德国工业多年以来屡经磨难却屹立不倒的重要原因。随着德国近年来工业4.0创新理念的提出和落实，人们有理由期待，德国依然是中国制造的优秀楷模和可靠伙伴。

坚守制造业强国理念，让世界爱上"德国造"

　　德国经历过第二次工业革命后的快速繁荣，经历过两次战

1　田园、柴野为光明日报驻柏林记者。

败后的迅速衰落，也经历过震荡全球的经济危机。然而灾难过后，德国总能在短时期内再度崛起，并跻身世界强国之列，正是源自其一贯坚守的制造业强国理念。

19世纪末，刚刚结束四分五裂的德国集中全力发展制造业，起初还主要以武器制造和仿制英国的玩具、钟表、铁器、家具为主，德国制造因此被扣上粗制廉价的帽子。随后，德国严格控制产品生产的工艺和环节，贯彻精确主义原则，将"完美至臻"作为产品制造的标准，并诞生了大批延续至今的知名厂商，如武器工厂克虏伯、制药厂阿司匹林、钟表厂郎格等，这些品牌在当时纷纷打入英、法等欧洲大国的国内市场，使其他国家生产的同类产品相形见绌，"德国制造"这个曾经代表廉价的耻辱印记成了一副金字招牌。

进入21世纪以来，西方其他国家竞相发展金融等虚拟经济时，德国仍将主要精力放在制造业产品质量和技术的提高上。坚持制造业强国的发展战略，不仅让德国保持了较高的就业率，更促进了德国科技创新能力的不断提高，使得德国在金融危机中屹立不倒，成为真正为欧洲输血的"心脏"。

建立职业教育体系，为工业发展提供源头活水

德国稳定的职业教育体系为德国制造提供了源源不断的高素质的熟练劳动力，形成利于工业发展的良性人才培育格局。

一方面，德国有众多优秀的传统综合性大学和工业大学，传统综合性大学致力于纯学术领域的研究，工业大学则专注于

理工科专业，有着优良的治学条件，培养了一批又一批高精尖技术科研人才。更重要的是，德国独特的"双轨制"教育体系使得一些没有经过传统大学学习的年轻人能够接受良好的职业教育。企业与学校合作办学，企业为"一轨"，学校则是"另一轨"，这些学生在学校接受职业理论学习和文化教育，同时以"学徒"身份在职业岗位上接受职业技能培训和实践。"双轨制"职业教育将传统的"师傅带徒弟"的培训方式与职业教育理念相结合，通过学以致用实现职业与实践的无缝对接。

如今，差不多三分之二的德国年轻人通过2至3年的双轨制职业教育体系后进入各行各业，为制造业培养了大批人才。他们勤奋、专业，熟练掌握维修、组装、操作等制造业必备技能，成为奠定"德国制造"这一响亮品牌的基础，他们的社会地位也丝毫不因"蓝领"的身份而受到歧视。

国家合理化干预扶植，"限大促小"调节市场平衡

德国在经济、社会政策领域对制造业的发展进行干预。政府肩负制定并维护规则的责任，采取市场主导、国家合理化干预的"社会市场经济模式"，为德国制造业良性发展打造"温床"。

首先是反垄断方面，德国人认为企业太大就会形成垄断，进而抑制创新，一个仅通过垄断就能获利的公司，将失去进行技术革新的动力。因此，当政府认为某家企业销售额过于庞大，市场份额超过一定比例的时候，就会进行干预，防止其"一家

独大"，影响市场的竞争性。

需要注意的是，德国90%以上的企业都是中小企业，而德国的贸易出口乃至整体经济发展都得益于这些中小企业。为扶持中小企业，德国政府采取了"限大促小"的政策，鼓励中小企业发展的同时限制大企业在国内的竞争优势。这些中小企业的稳定发展帮助德国保障了大量就业，使德国形成了庞大的社会中产阶层，有效缩小了贫富差距，为德国经济发展提供了稳定的社会环境。许多中小企业雇员不足百人，但这些公司累加起来净产值能够占到全国总量的一半。

前段时间，德国大众公司深陷"排放门"丑闻，大众公司的失信行为不仅招来广泛谴责和质疑，也给"德国制造"蒙上了阴影。近年来，一些德国企业急功近利追逐销量规模，给德国制造业敲响了警钟。的确，德国工业化发展到如今阶段，面临劳动力负增长、劳动力价格上涨等问题，为此，德国必须不断探寻制造业发展之路。

目前，德国政府正在力推"工业4.0"战略，将智能化、信息化、网络化与自动化相结合，由机器人代替人力参与具体生产，利用网络化、自动化等高科技优势提升生产率和产品质量，为德国保持在制造业领域的领先地位指明了新的方向。

美国制造：对接创新与生产

王传军[1]

2013年，世界首款3D打印汽车 Urbee 2在美国诞生，制造这款混合动力汽车耗用了2500多个小时，其绝大多数零部件来自3D打印。Urbee 2让全球汽车制造业不再淡定。2015年年初，当一辆名为"Strati"的电动汽车亮相美国芝加哥国际制造技术展览会时，美国创意和美国制造再次吸引了全球的目光，因为"Strati"是世界上第一款采用3D打印零部件来制造的电动汽车。这款电动汽车由亚利桑那州的 Local Motors 汽车公司打造，整个制造过程仅用了44个小时。多数媒体在报道中认为，3D打印技术正在颠覆汽车制造技术现状，改变着消费者的体验。

这可以看作是美国制造业的一个缩影。纵观美国制造业发展历程，科技创新一直发挥着引擎作用。"二战"后，第三次科技革命不仅助力美国制造业步入巅峰时期，也使美国进入了工业化成熟期。直至今天，追求创新和生产的融会贯通仍然是美国制造稳居世界制造业高端环节的秘诀。2014年，

---

1 王传军为光明日报驻华盛顿记者。

白宫发布报告《美国制造：美国制造业的企业家精神和创新》。报告称，虽然制造业仅占美国 GDP 的12%，但全美60%的研发人员来自制造业，全美75%的私营部门研发来自制造业，全美申请专利最多的行业是制造业，美国制造业的创新率是其他行业的两倍。

自2008年金融危机之后，美国这个全球最大经济体一度陷入衰退。重振制造业，尤其是依靠信息技术、新能源、新材料等发展高级制造业，是奥巴马政府推动美国经济复苏、扩大就业的重要举措之一。美国政府投入巨资打造"全美制造业创新网络"计划，其中包括建立15个高科技制造中心和制造业创新研究所，如俄亥俄州扬斯敦3D打印实验室和培训中心、在北卡罗来纳州罗利的下一代能源电子国家制造创新研究所等，目的是完善美国制造业的创新体系，建设制造业中不同细分领域的专业创新研究中心。美国多家联邦政府机构，如商务部及其直属的美国国家标准与技术研究院、国防部、教育部、能源部、美国国家航空航天局和美国国家科学基金会等，参与了该网络的运作。美国著名智库布鲁金斯学会今年上半年出台的研究报告《美国的先进产业》称，先进制造业是代表美国经济的巨大的经济锚，它领导了金融危机后美国就业的复苏。多数美国媒体评论认为，投建高科技制造业中心不仅能提高美国的就业率，而且还能吸引许多美国高科技公司的部分工厂回迁。

美国商业专利资料库（IFI Claims Patent Services）产品市场部副总裁拉瑞·卡迪在接受《今日美国》采访时说，2014年，有19个美国企业进入全球最具创新力企业排名的前50。《今日美国》在今年年初报道称，2014年，美国专利及商标局共授予了300678项专利。根据美国商业专利资料库的排名，IT业大鳄IBM获得7534项专利，成为2014全球最具创新力企业。这是IBM第22次获得这一殊荣。不过，IBM在2014年的盈利状况不尽如人意，其估值当年下跌了13.3%，但这并没有阻止IBM在研发领域的投入。在2013财政年度，IBM在研发领域斥资63亿多美元，成为该年全球在研发领域投入最多的企业之一。

多数业内人士认为，科技创新和产业创意是美国企业的DNA，已植根于全球著名企业的企业文化之中。卡迪认为，这些全球最具创新力企业能够保持科技创新和产业创意活力的原因在于，他们的企业文化和激励机制鼓励员工搞研发。如果企业建立专利研发和申报激励机制，那么员工就会充满激情地去做研发、申报更多专利。他认为，谷歌和IBM的企业文化和激励机制激发了员工的研发意愿。比如，谷歌曾允许工程师在每周选择一个工作日，即"20%自由时间"，去从事个人感兴趣的非正式项目，目的是为有创新意愿的员工提供一个开放空间，以实践自己的研发创新。谷歌这一激励创新的管理规定催生了Gmail、谷歌新闻和GTalk等创新产品，"20%自由时间"因此成为谷歌管理哲学中最知名的一部分。

兼顾传统与创新:"法国制造"期待复兴

黄昊[1]

今年11月,第四届"法国制造"博览会如期在巴黎举行。这个展会由法国政府生产振兴部支持,从2012年创办至今,已逐渐成为法国制造业的展示窗口,影响力不断扩大,参展商从80家增加到了400家,吸引的参会人数也达到了破纪录的近4万人次。从住宅、汽车,到时装、红酒,甚至是现场由"法国老奶奶"们编织的针织毛线帽子和袜子,展出产品横跨很多领域,应有尽有。

法国人愿买"法国制造"

随着全世界很多产品都被打上"中国制造""印度制造""马来西亚制造"等标签,法国从政府到民众都开始意识到需要大力支持本国产品,以促进法国国内经济复苏。上文中的"法国制造"博览会就是这一意识的具体产物。据法国《费加罗报》报道,法国民众观点研究所最近的一项研究称,有七成的法国

---

1 黄昊为光明日报驻巴黎记者。

人表示，相对于"外国制造"，他们更乐意购买"法国制造"。调查的详细数据显示，70%的法国人表示愿意多花费5%至10%的钱来购买法国制造的商品，而不买其他国家制造的廉价商品。这一结果在法国的各个社会阶层和年龄段上都有直观的体现，尤其是退休人员，比例高达近80%。这种倾向于购买"法国制造"的意愿，一方面是受到爱国情绪的影响，另一方面则是源于"法国制造"的高品质。根据2014年12月的一项调查，有60%的法国人认为，法国制造的产品质量十分值得信赖。

据法国统计和经济研究所数据，自2007年以来，法国制造业产量下降了10%，员工人数下降了15%。2013年，法国制造业实现产值8780亿欧元，雇用员工270万人，对工业的贡献占比达到83%。2014年，法国制造业产量增长了0.3%，其外贸赤字继续增长，达到134亿欧元。

根据统计，在法国制造业中，排名第一至第三位的行业分别是农副产品工业、汽车工业及化工业。制造业占法国整个工业产值的84%、工业全职员工的89%。法国独特的企业制度，即员工与企业签订的是"无限期合同"，使得企业在法国的社会稳定和经济发展中都扮演着至关重要的角色。但由于国内经济的持续低迷，法国制造业员工人数一直呈逐年下降的趋势，相比2008年金融危机前，至少下降了26%，这成为法国政府的一块心病。

打造"新工业法国"

自奥朗德政府上台后，振兴"法国制造"，打造"新工业法国"，就成为本届政府执政的重要目标。在跨时10年、包含34项"优先发展"的具体规划中，新型飞机、新一代高铁、无人驾驶汽车等大型项目赫然在列，能源、数字革命及经济生活等领域问题的解决方案也在规划中得以体现。

但是，由于需要发展的项目太多，导致目标和资源过于分散，反而阻碍了规划的实施进程。法国政府不得不进行反思和调整，新出台了旨在优化产业发展布局的"新工业法国2.0"战略。随着其他欧洲国家相继推出振兴制造业战略规划，如德国推出"工业4.0"，英国提出"制造2050"，法国政府更是明确表示，"法国未来工业的发展方向是可与德国工业4.0平台对接"。

在航空航天、高铁及汽车工业等高端制造领域，法国一直在世界范围内保持着优势，在"新工业法国"的具体规划中，这些优势领域将继续作为发展的重点。规划将革新聚焦在新能源和环保技术的应用上，例如开发百公里油耗小于2升的节能汽车，研发与电动汽车配套的充电桩以及使用时间较长的蓄电池，研制能耗节省20%～30%的高速火车以及电动飞机，等等。此外，医疗、生物、农业及前沿技术等也是法国计划发展的重点领域。

奥朗德曾坦承，法国一度有一种错误的想法，就是工业已经过时了，国家发展不再需要工厂、工程师、技术工人，法国进入了"服务业经济"时代。事实证明，这一想法并不现实，"世界上没有一个大国不具备强劲的工业实力"。

后 记

　　党的十八大以来，光明日报立足自身的定位和特色，把社会主义核心价值观宣传报道作为核心任务，放在核心位置，作为报纸的基调和底色，突出文化特色，突出文化内涵，发掘典型，讲好故事，阐释理论，评析热点，使核心价值观宣传报道取得了新的令人瞩目的成绩。

　　编辑《核心价值观的故事》丛书的目的就是要对这些成绩作一番系统的梳理和展现，为践行和弘扬社会主义核心价值观提供借鉴和启示。首批编辑出版的有《家风家教的故事》《校训的故事》《新乡贤的故事》《地名的故事》《核心价值观百场讲坛（第一辑）》，第二批编辑出版的有《座右铭的故事》《品牌的故事》《新邻里的故事》《文艺名家讲故事》《核心价值观百场讲坛（第二辑）》。丛书的主要内容来自报纸的报道和文章，但并非简单地照搬，而是经过精心的编辑和加工。

　　在"治国理政新实践"重大主题宣传报道中，光明日报组织优秀记者采写了《为国家立心为民族铸魂——十八大以来党中央推进和深化社会主义核心价值观建设纪实》，对三年来以习近平同志为总书记的党中央培育和弘扬社会主义核心价值观的新理念、新思想、新战略、新实践进行了全景式报道和深入深刻的评析，现作为特稿，收入书中。

值此丛书出版之际，首先要特别感谢的是长期以来亲切关怀、精心指导、充分肯定光明日报核心价值观宣传报道的中央领导、中宣部和中央文明办等部门的领导。他们的关心和厚爱，是光明日报进一步推进和深化核心价值观宣传报道的不竭动力。

要特别感谢的是一直以来高度重视、亲自部署、大力推进核心价值观宣传以及丛书所收录各系列报道的光明日报总编辑何东平和光明日报编委会其他各位领导。何东平和光明日报副总编辑陆先高十分关心和支持丛书的编辑出版。何东平为丛书撰写的长篇序言，阐明了光明日报"把核心价值观宣传放在核心位置"的办报理念，总结了光明日报核心价值观宣传报道的经验，思考了创新核心价值观宣传的思路，对阅读这一丛书提供了有益的帮助。陆先高主持召开丛书编辑工作会议，为丛书的出版奠定了基础，指明了方向。

需要感谢的还有参与和支持丛书所收录各系列报道采写、文章撰写、稿件编发及相关工作的光明日报社办公室、总编室、评论部、科技部、教育部、文艺部、理论部、国内政治部、经济部、国际部、摄影美术部、记者部、新闻研究部、军事部、光明网等相关部门和国内外相关记者站的记者、编辑、工作人员以及社外各位领导、专家和作者。

光明日报新闻报道策划部相关编辑倾心尽力负责丛书所收录各系列报道的策划、组织和协调、落实，积极筹划和投入丛书的编辑和出版，他们付出了很多心血和辛劳，在此深致谢意。

　　光明日报出版社社长潘剑凯、常务副总编辑高迈对丛书出版给予热情关心和支持，责任编辑谢香、李倩为丛书的编辑出版表现出足够的耐心和细心，也一并表示感谢！

　　由于丛书编辑时间仓促，或存有错误，敬请各位读者批评指正。

图书在版编目（ＣＩＰ）数据

品牌的故事 / 袁祥主编． —— 北京 ：光明日报出版社，2016.11
（2020.4重印）（核心价值观的故事丛书）

ISBN 978-7-5194-0244-0

Ⅰ．①品… Ⅱ．①袁… Ⅲ．①故事－作品集－中国－
当代 Ⅳ．①I247.8

中国版本图书馆CIP数据核字(2016)第254991号

品牌的故事
PINPAI DE GUSHI

主　　编：袁　祥

责任编辑：谢　香　李　倩　　　　　　责任校对：傅泉泽

封面设计：谭　锴　　　　　　　　　　责任印制：曹　诤

出版发行：光明日报出版社

地　　址：北京市西城区永安路106号，100050

电　　话：010-67078248（咨询），010-63131930（邮购）

传　　真：010-67078227，67078255

网　　址：http://book.gmw.cn

E-mail：renqing339@126.com

法律顾问：北京德恒律师事务所龚柳方律师

印　　刷：三河市华晨印务有限公司

装　　订：三河市华晨印务有限公司

本书如有破损、缺页、装订错误，请与本社联系调换

开　　本：165mm×230mm

字　　数：145 千字　　　　　　　　印　张：15.25

版　　次：2016年11月第1版　　　　印　次：2020年4月第4次印刷

书　　号：ISBN 978-7-5194-0244-0

定　　价：39.00元